스스로를 달빛 삼다
白月明

원철 스님 산문집

달빛을 스스로 삼다
自月明

서문 —

샘물의 바가지가 아니라 우물의 두레박이 되어

응제應製라고 했던가. 임금이 신하에게 글을 의뢰하는 것을 말한다. 그처럼 이 책은 대부분 상전(?)들의 부탁으로 쓴 글이다. 청탁받은 그날부터 전전긍긍이다. 이리저리 뒤척이다가 마감이 가까워질 무렵 섬광처럼 '글 고리'가 스쳐 지나간다. 책을 읽다가 신문을 보다가 혹은 차를 마시다가 그것도 아니면 그냥 '멍때리다'가 번쩍하는 그 고리를 낚아채야 한다. 이후 씨줄과 날줄이 얽히며 사이사이에 살이 붙는다. 탈고한 뒤 잠깐이나마 해탈의 경지를 맛보기도 한다. 글로 인하여 윤회輪廻를 반복한다고나 할까.

그런데 해가 갈수록 섬광의 횟수는 잦아들고 섬광을 기다리는 시간은 길어진다. 글 만드는 일은 시간이 흐를수록 버겁기만 하다. 이제 응제는 샘물 곁의 바가지가 아니라 긴 밧줄을 드리워야 하는 두레박이 되었다. 우물은 날로 깊어지고 거기에 맞추어 두레박줄도 하루하루 그만큼 길어진다. 그럼에도 불구하고 그런 응제마저 없다면 우물물은 고사하고 샘물마저 퍼올릴 생각조차 않을 것이다. 응제 때마다 지나가는 혼잣말로 '절필'을 운운하다가도 한편으론 혹여 두레박줄 길이가 모자랄까 봐 새로 새끼줄을 꼬아서 곁에 감춰두곤 했다. 이런 자기모순이 서너 해만에 또 한 권의 소박한 책을 만든 바탕이 되었다.

글자 한 자가 점점이 모여 한 줄이 되고 한 줄이 줄줄이 모여 한 편의 글이 되고 편편의 글들이 모여 한 권의 책이 된다. 수많은 별들이 모여 은하계를 이루지만 내가 발 딛고 서 있는 곳은 단 하나의 지구별일 뿐이다. 또 그 안에서 한 평의 공간이면 충분하다. 좁쌀처럼 흩어놓은 많은 글 가운데 한 편 아니 한 줄이라도 남들에게 공감을 일으키는 구절이 있다면 장강長江의 청량한 물 한 모금 역할은 할 터이다. 잡서雜書의 한 줄이 남들에게 한 줄기 섬광으로 이어진다면 때로는 경서經書나 사서史書 노릇을 대신할 수도 있겠다.

몇 년 만에 또다시 종로에서 도심 생활을 하고 있다. 산과 도시가 둘이 아닌 또 다른 의미에서 심리적 '선농일치禪農一致'

의 삶이라는 과감한 해석을 달아야 했다. 옛사람들은 벼슬살이를 위해 고향 농촌을 떠나 시정市井으로 몸을 옮길 때 나름의 해소책을 마련해 두었다. 그림으로 산수를 대신하고 화분으로 동산과 정원을 대신하고 책으로 벗을 대신한다고 했다. 그래서 필자도 책상 정면에는 강렬한 원색의 동해 일출 사진을 배치하고 측면에는 흑백목판본 대동여지도 장백산 부분을 걸어두고서 선인들이 위로 삼아 하던 도회적 삶의 일부분을 흉내 낸다.

천만 명의 도시인은 바쁘다는 말을 입에 달고 산다. 덩달아 곁의 수도승首都僧까지 바빠진다. 망중한忙中閑이라고 했다. 다시금 한가한 시간의 귀함을 알게 된다. 그 와중에서 시비를 일삼는 얘기는 귀에 들리지 않으면서 독서할 시간이 있고 글을 쓸 여유가 있으니 이만하면 더 이상 바랄 것도 없겠다.

글을 응제토록 해준 신문잡지사의 선지식들께 두 손 모아 감사드린다.

2017년 5월 어느 날 우정국로 우거寓居에서 원철

차
례
—

自

걸음 따라 나를 되짚다

月

明

해
와
달,
산
과
바
람,
사
람
을
살
게
하
다

自

自月明

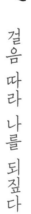

걸음 따라 나를 되짚다

제
잘
난
맛
에
살
다

自
걸음 따라
나를 되짚다

꼰대급인 필자와 가뭄에 콩 나듯 놀아주는 기특한 20대가 있다. 저희끼리 하는 말로는 '노인 복지 차원'이라나 뭐라나. 그렇거나 말거나 조카인 양 눈치 없이 붙들어놓고 벽장 구석에 숨겨둔 귀한 먹거리를 내오고 커피콩도 가진 것 중에서 제일 좋은 것으로 핸드 드립하여 대접한다. 신세대의 신문물을 배울 수업료인 까닭이다. 물질 공세로 환심을 산 덕분인지 "스님 최고!"라며 엄지손가락을 치켜보인다. 그러고 난 뒤 이런 가벼운 칭찬을 그들의 전문용어로는 "삑로뽀!"라고 설명해준다. '삑로뽀'라는 새로운 단어를 배웠다. 본래 스페인 말이라고 했다.

지중해를 낀 남부 유럽에 사는 젊은이들은 아름다운 여인(혹은 남성) 혹은 패션이 우아한 여성(혹은 남성 포함)이 지나가면 가볍게 찬탄하는 '삑로뽀'가 생활화되어 있다고 한다. 만약 모든 이의 시선을 끌 만한 예사롭지 않은 모습을 보고도

가벼운 찬탄을 생략한 채 무심코 지나간다면 그것은 결례가 된다. 상대에게 추파를 던지는 히야카시ひやかし와는 또 다른 뉘앙스다. 그 외연을 넓힌다면 상대방에 대한 선의의 모든 가벼운 칭찬까지 포함된다고 할 수 있겠다. 반대로 어떤 무심한 남정네는 한 집에 사는 사람이 미장원에 다녀오고 백화점에서 신상품 옷을 사서 입었는데도 그것조차 못 알아보고 삘로뽀를 생략한 대가로 집안 분위기가 한동안 냉랭했다는 전언이다.

칭찬은 고래도 춤추게 한다고 했다. 그리고 칭찬은 기본적으로 부풀려 말하는 것을 전제로 한다. 살면서 약간의 부풀리기는 주변과 관계를 부드럽게 만들어준다. 하지만 의도를 지닌 지나친 과장은 '아부'라고 하여 구별해 부른다. 어쨌거나 동서고금을 막론하고 누구든지 칭찬에는 호감을 보이기 마련이다.

중국의 4대 미인에 대한 칭찬은 '작업(?)' 언어의 결정판을 보여준다. "서시를 본 물고기는 헤엄치는 것조차 잊어버렸고, 왕소군을 본 기러기는 날갯짓조차 멈췄으며, 초선을 본

달은 창피해서 얼굴을 가렸고, 양귀비를 본 꽃은 부끄러워서 잎을 말아올렸다"고 했다. 달과 꽃마저도 자기 미모는 미모도 아니라면서 부끄럽다고 여겼고, 심지어 손으로 얼굴까지 가렸다. 물고기는 미인을 쳐다보느라고 넋을 잃는 바람에 펄에 처박혔고, 날갯짓을 멈춘 새는 모래밭의 추락을 면치 못했다. 광고나 영화, 만화에서 흔히 볼 수 있는 미인을 쳐다보느라 얼이 빠진 총각이 전봇대에 부딪치거나 맨홀에 빠지는 장면보다도 묘사 실력이 한 등급 위다.

남자인 항우에 대한 씩씩함을 "힘은 산을 뽑고 기상은 세상을 뒤덮을 만하다力拔山氣蓋世"고 했으니 이 역시 여성미의 과장 수준을 능가한다. 그런데 이 말은 남자가 남자를 칭찬한 것이라는 점에서 차이가 있긴 하다. 어쨌거나 과장법은 탓할 일이 아니다. 뭐든지 부풀려야 제대로 실감하는 것이 일반인의 속성이기 때문이다. 그래서 모든 문학과 예술작품은 과장법을 전제로 구성할 수밖에 없다.

과장법은 종교 경전이 원조라 할 것이다. 동양의 고전인 《논어》와 《화엄경》에서 칭찬 언어를 찾는 것은 어려운 일이 아니다. 도처에 널려 있기 때문이다. 공자의 제자 가운데 가장 뛰어났다는 안회는 스승을 이렇게 찬탄했다.

"우러러보면 볼수록 더욱 높고, 깊이 파고들면 들수록 더욱 단단하시다. 앞에 계신 듯하여 바라보면 어느새 뒤쪽에 와 계신다. 차근차근 우리를 인도하여 주시고, 학문으로 지식을 넓혀주시며, 예로써 우리의 행동을 가다듬어주신다. 공부를 그만두려 해도 그만둘 수조차 없어 가진 능력을 다해보건만 스승님이 서 계신 곳은 더욱 높아진다. 아, 아무리 따르려 해도 도저히 어쩔 수 없구나!"

이에 질세라 보현 보살은 당신의 스승을 능력이 닿는 대로 힘껏 추어올렸다.

"온 세상의 번뇌를 한순간에 셀 수 있다고 해도刹塵心念可數知
바다의 모든 물을 남김 없이 마실 수 있다고 해도大海中水可飮盡
허공을 헤아리고 바람을 묶을 수 있다고 할지라도虛空可量風可繫."

스승의 업적은 말로써 표현할 수가 없노라고 외쳤다. 과장법이 어떤 것인지 그 진수를 제대로 보여준 셈이다.

뭐니 뭐니 해도 최고의 과장법은 자화자찬이다. 자기가

자기를 칭찬하고 대접하는 유치한 방식이긴 하지만, 사실 보통 사람들은 이 맛에 살아간다. 자아도취를 고전적으로는 나르시시즘, 요새 젊은이 용어로는 '자뻑'이라고 했다. 시대를 막론하고 자아도취는 누구에게나 잠재된 심리라는 사실은 변함없다. 누구든지 나름 제 잘난 맛에 사는 까닭이다.

버려야 사는 도리도 있다

自
걸음 따라
나를 되짚다

일본 교토 금각사金閣寺의 정식 명칭은 녹원사鹿苑寺다. 안내
판도 아예 '녹원사 통칭 금각사(본래 녹원사이나 흔히 금각사로
불린다)'라고 붙여놓았다. 경내에 부처님의 진신사리를 모신
사리전舍利殿인 금각이 원체 유명한 탓에 원래 이름인 '사슴동
산 절'을 가차 없이 밀쳐냈다. 하긴 금값을 어찌 사슴 값에 비
교하겠는가? 호수를 앞에 두고 서 있는 금빛 찬란한 3층 전
각은 금탑이다. 내 집은 아니지만 내 집 삼아서 이 집을 배경
으로 사진이라도 찍어두려는 인파들로 가득하다. 다시금 금
의 위력을 실감케 해준다. 그 대열에 인근의 짝퉁 이름인 은
각사銀閣寺까지 가세했다.

우리나라 국보로 지정된 강원도 철원 도피안사 철불은
865년 인근의 1,500명이나 되는 주민들이 함께 금석 같은 굳
은 마음으로 인연을 맺어 조성했다는 기록이 남아 있다. 얼
마 전까지 금을 덕지덕지 바른 채 앉아 있었다.

물론 그 이전에는 호분을 덧칠했던 시절도 있었다고 한다. 2005~2007년 무렵 뜻 있는 이들이 본 모습을 찾아드리고자 의기투합했다. 금을 벗겨내니 온화한 본래 미소가 그대로 살아났다. 잘못된 화장으로 오히려 본래의 아름다움이 가려진 탓이다. 촌스럽던 금불이 제대로 된 스마트한 철불이 된 셈이다. 금을 버림으로써 오히려 자기의 몸값을 더욱 올리는 결과를 만들었다. 금에 집착하는 것이 오히려 패가망신의 길임을 알았던 까닭이다.

에이사이榮西 선사도 제대로 버릴 줄 알았다. 교토 건인사建仁寺에 머무르던 어느 겨울날 추위에 떨며 병들고 굶주린 사람이 찾아왔다. 하지만 선사 역시 아무것도 가진 것 없는 운수행각승에 불과했다. 한참 궁리하던 끝에 해답을 찾았다. 본당으로 가서 정면에 안치되어 있는 약사여래상의 금박 광배(불상의 머리나 몸체 뒤쪽에 있는 원형 또는 배 모양의 장식물)를 잘라 그에게 건넨 뒤 친절하게 진심으로 위로했다. 하지만 이 광경을 본 대중들은 깜짝 놀라며 "불경스럽다"는 비난을 쏟아냈다.

"만약 부처님께서 이 같은 불쌍한 사람을 만났더라면 당

신의 팔과 다리를 잘라서라도 도움을 주셨을 텐데 광배 정도
가 무슨 그리 대수란 말이오."

쥐고 있어야 사는 도리도 있지만 버려야 사는 도리도 있음
을 주변에 알린 것이다.

욕망의 상징 코드인 금을 임제 선사는 그냥 두지 않았다.
'황금 보기를 돌같이 하라'는 평범한 훈계조가 아니라 비틀기
의 대가답게 역설적인 표현으로 금의 두 얼굴을 동시에 보라
고 일갈했다.

"금가루가 아무리 귀하다고 해도 눈에 들어가면 병이 되
느니라金屑雖貴 落眼成翳."

삶이라는 복잡한 셈법

自
걸음을 따라
나를 되짚다

고려 말 한강 하류 지방에서 있었던 실화라고 한다. 어린 시절 배웠던 교과서에도 실려 있는 이야기다.

의좋은 형제가 함께 길을 걷다가 금덩이 2개를 주웠다. 사이좋게 하나씩 나누어 가졌다. 목적지에 이르기 위해서는 강을 건너야 했다. 나룻배를 탔다. 배가 강의 한복판을 지날 무렵이었다. 물을 바라보며 한동안 상념에 잠겨 있던 동생은 갑자기 입술을 지그시 깨물더니 뭔가 결심하듯 주섬주섬 봇짐을 뒤지기 시작했다. 그리고 금덩이를 끄집어내더니 냅다 강물에 던져버리는 것이 아닌가. 그 광경을 지켜보던 형은 깜짝 놀라 그 연유를 물었다.

"형이 없었으면 금덩이를 둘 다 차지했을 텐데…. 잠시 그 생각을 한 것이 너무 부끄러워 그랬습니다."

그 말은 들은 형 역시 아우와 똑같은 욕심을 부린 것이 미안해서 이내 자기 몫의 금덩이마저 버렸다. 우연히 얻은 금이 필요 이상의 욕심을 일으켰고 급기야 그것이 형제간의 인륜마저 저버릴 것을 염려한 나머지 결행한 아름다운 포기였다. 금을 버린 포구라는 의미의 '투금포投金浦'가 현재 경기도 김포의 옛 지명이라고 한다.

금을 과감하게 버린 결단은 때로는 지혜로운 삶을 상징한다. 하지만 반대로 금을 포기한다는 것은 어리석은 행위를 비유할 때도 있다. 두 사람이 삼麻을 짊어지고 길을 달리하여 은산銀山에서 만났다. 한 사람은 삼을 버리고 은을 가졌다. 다른 한 사람이 말했다.

"나는 그동안 삼을 지고서 여기까지 왔다. 삼을 버리고 은을 가질 수는 없다."

다시 이번에는 금산金山에 이르게 되었다. 한 사람은 은을 버리고 금을 가졌다. 다른 한 사람이 말했다.

"나는 그동안 삼을 지고서 여기까지 왔다. 삼을 버리고 금을 가질 수는 없다."

수백 리를 지고 온 삼이 너무 아까워서 버리지 못한 탓에 결국 더 값어치가 있는 금과 은을 버리고 갈 수밖에 없었다는 '담마기금撻麻桼金'은 초기 선종 역사서인 《역대법보기》에 기록되어 있다. 야나기다 세이잔柳田聖山 선생의 연구와 양기봉 씨의 한글 번역으로 쉽게 접근할 수 있는 자료가 되었다.

알고 보면 삶이란 그렇게 단순하지 않다. 살다 보면 우애 때문에 금을 버려야 할 경우도 있고, 삼 때문에 금을 버려야 할 상황도 만나기 마련이다. 하지만 우애도 살리고, 삼도 버리지 않으면서, 금까지 손에 쥘 방법을 찾는 것이 우리의 복잡한 셈법이다. 도를 닦는다고 할지라도 의식주 어느 한 가지도 소홀히 할 수 없으며, 더불어 대중 생활을 하면서 의리를 헌신짝처럼 저버릴 수도 없는 일이다.

그래서 우애가 필요한 부분에는 "우리가 남이가?" 하면서 인정을 베풀었고, 옷이 필요한 자리에는 가차 없이 삼을 선택했으며, 경제적인 문제에 봉착할 때는 과감하게 금을 풀었던 것이다. 고정된 법칙이란 절대로 없다.

인간계와 축생계 사이에서

自
걸음 따라
나를 되짚다

차※ 동호인들의 조촐한 모임에 자리를 함께했다. 먼저 도착한 이들과 이런저런 이야기를 몇 마디 나누었다. ○○○는 애완견이 아파 참석하지 못했다고 한다. "집에 아무도 없어 도저히 강아지를 혼자 두고 나올 수 없다"는 내용으로 통화를 했다고 한다. 그렇다면 "(강아지도) 데리고 오라"고 했더니 "(강아지가) 낯선 환경 때문에 스트레스 받을까 봐 그럴 수도 없다"는 대답이 수화기 너머로 되돌아왔다고 했다.

이렇게 전해주는 농담 같은 진담을 듣다 보니 '썸'이란 대중가요가 가사를 바꾼 채 "사람인 듯 강아지인 듯 사람 같은 강아지"라고 하면서 금방이라도 방송을 타고 흘러나올 것 같다. 말이 나온 김에 기다렸다는 듯이 그동안 보고 들었던 애완견 시리즈가 봇물처럼 터져나온다. 개는 사랑을 많이 받을수록 일찍 죽는다고 했다. 그 이유는 사랑이라고 하는 것이 '사람 입장에서 볼 때 사랑처럼' 보일 뿐이지, 개의 입장에서는 오히려 '스트레스'가 되기 때문이라는 해설을 덧붙였다. 사실 여부는 알 수 없지만 일견 타당한 면이 없지 않다.

길에서 옷 입은 애완견을 만난 일이 갑자기 생각나서 그 자리에서 이유를 물었다. 털이 빠지고 그것이 실내에 날아다니기 때문에 아예 깎아버리고 옷을 입힌다고 A는 답변했다. 개가 더위에 힘들어하는지라 시원하라고 털을 깎았는데, 기온 변화에 적응하지 못해 옷을 입힌다는 것이 B의 답변이었다. C의 답변은 주인의 경제력과 미학적 안목을 자랑하려는 수단으로 개에게 옷을 입힌다는 것이다. 이럴 경우 주로 명품을 걸친다. 그 와중에 옷을 입히기 위해 털을 깎는 모순이 일어나기도 한다. 어쨌거나 개가 옷을 입는 이유조차도 여러 가지였다. 정말 개팔자가 상팔자인 시대에 살고 있다.

애완견이란 무엇인가? 모임을 마치고 돌아오는 길에도 여전히 화두 아닌 화두가 되었다. 축생 세계와 인간 세계 사이에서 양다리를 걸치고 살면서 '사람 같은 대접을 받는 개'라고 나름 정의했다. 축생의 특징은 온몸이 털로 덮여 있다는 사실이다. 그래서 옷이 필요 없다. 이미 털이 보온이라는 옷

의 기능을 하고 있기 때문이다. 그런데 오랜 시간 동안 인간과 함께 살면서 사람들은 개가 축생이란 사실을 망각한다. 그야말로 '반려'가 되고 '가족'이 된다. 그런데 진정한 반려가 되고 진정한 가족이 되려면 축생 세계가 아니라 인간 세계로 편입되어야 한다. 열혈 애견가들 사이에서 이런 '가상한' 시도가 끊임없이 이어졌다. 그 덕분에 이제 표면적으로는 진입에 성공한 것처럼 보인다. 그런데 자세히 살펴보면 근본적인 문제가 내재되어 있다. 그 편입은 축생이 원한 것이 아니라 인간이 원한 것이라는 사실이다. 축생은 본래 자기가 가진 털이 '사랑이라는 이름'으로 제거되고 그 위에 이질적인 옷이 입혀지는 '신분 상승'을 절대로 원하지 않았을 것이다. 그래 봤자 가축家畜(집에서 기르는 짐승)이 될 뿐이다. 절대로 '가족'이 될 수 없는 자신의 한계도 이미 잘 알고 있을 것이다.

인도의 마명馬鳴 보살도 전생에는 인간 세계와 축생 세계를 오가면서 살았다고 한다. 그는 사람 몸을 가지고 태어났음에도 옷이 필요 없었다. 말처럼 온몸이 털로 뒤덮여 있었기 때문이다. 그럼에도 그 역시 '사람'이라는 생각에서 벗어날 수 없었다. 옷이 필요하다고 생각했다. 그리하여 뽕나무

自
걸음따라
나를되짚다

위에 살고 있던 누에고치를 주워 모아 옷으로 충당했다. 같은 값이면 다홍치마라고 했다. 이왕 입을 바에는 비단 옷을 입자는 심산이었을 것이다. 옷이 필요 없는 사람까지 비단 옷을 입도록 만드는 것이 인간 세계의 경쟁심이다.

천상 세계는 생각만 하면 필요한 모든 것을 얻을 수 있으며, 인간 세계는 자기 힘으로 생활용품을 구해야 하며, 축생 세계는 남이 주는 것으로만 살아야 한다고 했던가? 그러나 알고 보면 인간 세계 안에서도 상중하인上中下人은 있기 마련이다.

목침 떨어지는 소리에 깨달음을 얻다

自
걸음 따라
나를 되짚다

경남 합천 해인사 행자실에서 처음 목침을 만났다. 그것은 예비로 마련해둔 베개였다. 행자의 숫자는 늘 들쭉날쭉했다. 베개 숫자는 그동안의 통계를 감안하여 경험적으로 평균치만큼 준비된 것이리라. 출가한 첫날 밤 나에게 주어진 베개는 목침이었다. 물론 고참 행자들은 일반 베개를 사용했다. 목 디스크도 없는 이에게 주어진 딱딱한 나무 베개는 비로소 출가했음을 실감케 해준 첫 번째 물건이었다.

불편함으로 잠이 제대로 올 리가 없다. 뒤척이다가 순간 섬광같이 떠오르는 요령술. 요 밑에 목침을 넣었다. 나무와 머리뼈가 바로 만나는 딱딱함이 없어졌다. 그 위에 목을 대니 의외로 편안했다. 며칠 지나니 금방 익숙해졌다. 더욱 익숙해질 무렵 서열이 올라가면서 일반 베개로 바뀌었다. 입산한 지 오래된 행자 중에는 계속 목침을 고집하는 이도 있다. 비록 행자이지만 고행을 스스로 청하는 자세가 뭔가 있어 보였고 또 수행자로 싹수까지 보여주었다.

목침을 사용하는 것에는 사실 더 깊은 뜻이 있다. 늘 깨어 있으라는 말이다. 설사 자는 시간이라고 할지라도 완전히 잠에 빠져 혼수상태가 되지 말라는 것이다. 그래서 일부러 잠자리의 불편함을 자청한 것이다. 몽산 선사는 "처음에는 목침을 베고 잤고 그다음에는 팔을 베고 잤고 나중에는 아예 눕지 않았다"고 했다. 검소와 청빈을 모토로 하는 선종의 대중 생활을 목침이 대변해주었다. 그래서 조주 선사는 일부러 "목침에 덮어놓을 수건 한 장 없는" 빈한한 생활을 하신 것이다. 뿐만 아니라 목침은 잠시 몸을 뉘어 쉬거나 심심풀이로 호두나 잣 몇 개 정도는 까기도 하는 등 여러 용도로 사용하는 가까이 있는 물건 중 하나였다.

그런 목침은 때로는 동네북이었다. 이리 채이고 저리 내동댕이쳐지는 것이 다반사였다. 근대 한반도의 선지식(선종에서 수행자들의 스승을 이르는 말)인 향곡 스님은 "목침에 대해서 한마디 일러라"고 하는 스승의 말을 듣자마자 즉시 발로 목침을 차버렸고, 제산 스님은 "목침이라고 해도 맞지 않고 목침이 아니라고 해도 맞지 않다. 이 도리를 알겠는가?"라는 용성 스님의 질문에 그 자리에서 바로 목침을 던져버렸다고 한다.

당나라 때 남악 문하의 천황도오 선사는 열반할 때 목침의 새로운 용도를 친히 시범을 보였다. 선사는 평소에 늘 '즐겁다'는 말을 입에 달고 한평생을 살았다. 그런데 임종을 앞두고 '괴롭다'고 하는 것이 아닌가? 너무나 상반된 모습을 접한 원주가 의아하게 여기며 그 이유를 물었다. 이에 선사는 벌떡 일어나 앉아 목침을 들고서 금방이라도 집어던질 듯한 모습으로 되물었다.

"너는 그때가 옳다는 것인가? 지금이 옳다는 것인가?"

마지막으로 제자에게 내린 시비중도是非中道(옳다는 것도 틀렸다는 것도 그 기준은 그때 그때마다 다르다는 뜻)의 법문이었다. 모르긴 해도 답변을 제대로 못한 원주의 눈두덩이는 목침을 맞아 시퍼렇게 변했을 것이다. 스승이 마지막으로 주고 간 큰 선물인 셈이다.

목침 역시 다른 물건들과 마찬가지로 법담法談을 위한 매개체로 빠지는 법이 없었다. 운암담성 선사와 천황도오 선사도 그랬다. 《벽암록》 89칙에 전하기를, 어느 날 운암이 "관음보살이 그렇게 많은 손과 눈을 가지고 무엇에 쓰느냐?"고 묻자 도오는 "한밤중에 자다가 목침을 놓쳤을 때 더듬어 찾는 것과 같다"고 대답했다.

목침으로 인하여 가장 성공한 이는 고봉원묘 선사일 것이다. 그는 어느 날 함께 자던 도반이 잠결에 목침을 밀어 바닥에 떨어지는 소리에 홀연히 화두를 타파했다. 그 순간을 마치 고기가 그물에 걸렸다가 풀려나온 것 같다고 표현했다. 목침 떨어지는 소리에 깨달음을 얻었으니 이보다 더 수지맞는 일이 어디에 있겠는가? 그야말로 "나무 목침불!" 소리가 절로 나올 판이었다.

고타마(석가모니) 선사가 열반에 이를 때까지도 깨달음을 얻지 못한 아난 존자는 결국 1차 결집에 참석하지 못하는 수모를 당하고 만다. 대분심이 일어났다. 밤새 걸으면서 용맹정진한다. 날이 밝아오기 시작할 무렵 신체의 피로가 극도에 이르렀다.

"막 자리에 누우려고 하던 차에 베개에 머리가 닿기 직전 깨침을 얻었다亞臥之次 頭未至枕 得證阿羅漢果."

그리하여 1차 결집 장소인 칠엽굴에서 이미 닫혀버린 문의 열쇠 구멍을 통과하는 신통력을 발휘하여 말석이나마 겨우 차지할 수 있었던 것이다. 그 이후 활약은 참으로 눈부셨다. 역시 "나무 베개불!"이다.

숙면에 문제가 있다고 하니 누군가 베개를 바꾸어보라고 했다. 귓전으로 흘려들었는데 우연한 기회에 편백나무 조각으로 속을 채운 신제품 베개를 만났다. 푹신하면서 나무 향이 가득했다. 그런데 이 베개는 일반 베개인가 나무 베개인가? 하지만 떨어져도 소리가 날 일이 없으니 그것이 더 문제로다.

버섯은 아무나 만날 수 있는 물건이 아니었다

自
걸음 따라
나를 되짚다

해인사 부엌을 담당하는 원주 스님은 명절이거나 뭔가 기념할 만한 일이 생기면 반드시 송잇국을 내놓는다. 향기에 민감하지 못한 이에게는 가성비 높은 음식은 아니지만 대부분의 대중은 '송이버섯국'이라는 귀한 이름만으로도 나름 위로를 받는다. 아침 식사를 마친 후 마당에서 서성거리며 송이버섯에 대한 이런저런 기억을 더듬어 객담 삼아 한마디씩 보탰다.

소나무가 많은 가야산을 하루 종일 헤매다가 겨우 몇 개를 손에 쥐고 돌아와 '송이 라면'을 끓여먹었다거나, 버섯이 많다는 소문을 듣고 인근 거창의 미녀봉까지 샅샅이 뒤졌는데 결국 빈손으로 왔다거나, 오랫동안 열심히 온 산을 찾았건만 아직 한 번도 내 손으로 송이를 캐본 적이 없다는 실패담까지 일화가 쏟아졌다. 앞사람은 그냥 지나갔는데 뒤따르던 사람이 발견했다는 사실에서 보듯 버섯도 인연이 닿아야 만날 수 있다는 말에 고개를 끄덕였다. 시리즈는 꼬리에 꼬리를 물었다. 땅 속에서 난다는 송로버섯은 세계 3대 요리 식재료로 대접받는데, 사람 눈으로는 도저히 찾아낼 수 없어 후각이 발달한 개나 돼지를 앞세워 채취한다는 박학다식한(?) 영역의 얘기까지 나왔다.

어쨌거나 송이버섯도 수입산의 등장으로 이제 흔한 버섯이 되었다. 사하촌 식당가에 가면 1년 내내 보관할 수 있는 냉장 기술 덕분에 언제든지 '자연산' 송잇국을 맛볼 수 있는 시대에 살고 있다. 그럼에도 불구하고 오랜 이름값 덕분에 여전히 귀한 음식으로 대접받는다. 올 추석날 아침에도 어김없이 송잇국이 나올 것이다.

1,000여 명의 식솔을 거느린 고대 인도의 엄청난 부자인 정덕 장자_{長者}(신심과 재력을 동시에 갖춘 거사)는 매우 넓고 또 아름다운 정원을 소유하고 있었다. 어느 날 정원 안의 제일 잘생긴 나뭇가지에서 버섯이 나오기 시작했다. 그럼에도 그 많은 식구의 2,000여 개 눈에는 그 버섯이 전혀 보이지 않았다. 오직 장자의 두 눈에만 보일 뿐이었다. 게다가 1인분 분

自
걸음따라
나를되짚다

량만 나오는지라 요리를 하더라도 혼자만 먹을 수 있었다. 그러던 어느 날 '도대체 무슨 인연으로 이렇게 맛있는 버섯을 나 혼자만 먹을 수 있을까?'라는 의문을 갖게 되었다. 얼마 후 둘째 아들의 눈에도 그 버섯이 보이기 시작했다. 젊은 까닭에 식성이 좋은지라 그 버섯을 몽땅 따서 한꺼번에 먹어 치웠다. 이내 버섯의 약효가 나타났다. 몸은 가뿐해지고 경솔함과 함께 난폭한 성격이 없어졌으며, 한 걸음 더 나아가 마음의 안락까지 얻었다. 칠순의 부친은 맛만 음미했지만 젊은 아들은 몸과 마음까지 치유된 것이다.

이 기이한 현상을 궁금하게 여기던 아버지와 아들에게 어느 날 제바 존자가 찾아왔다. 그는 인도 전역에 유명세를 떨치고 있는 대선지식이었다. 아울러 전생까지 보는 신통한 능력까지 갖추었다. 저간의 사정을 설명한 후 그 이유를 물으니 이런 설명이 뒤따랐다.

오래전에 장자의 집에 탁발을 다니는 스님이 있었다. 올 때마다 반갑게 맞이했고 정성스럽게 밥상을 차렸다. 둘째 아들은 탁발승이 대문을 나설 때까지 곁에서 잘 보살폈다. 매일같이 오니 나머지 1,000여 명 식구들은 데면데면하거나 본체만체했다. 그런 과정이 30년 동안 반복되었다. 그 스님은 입적했고, 결국 그동안 얻어먹은 빚을 갚기 위해 이 나무의 버섯으로 태어났다는 것이었다. 장자의 나이를 물으니 79세라 했다. 81세가 되면 더 이상 버섯이 나오지 않을 것이라는 사실까지 덤으로 알려주었다. 30년 밥값이 3년의 버섯 값에 해당되는 것이니 그때도 버섯 가격은 한 끼 가격의 열 배였던 모양이다. 이런 인연으로 둘째 아들은 수행자의 길을 향해 출가를 결행했다. 이가 뒷날 선종 제16조가 된 라훌라다 존자다.

부처님께서는 오래전에 이 사건에 대한 예언을 《보림전》에 남기셨다.

> 내가 열반한 지 500여 년 후에
> 어떤 큰 인물은 버섯으로 인해 깨달음을 얻으리라.
> 吾滅度後 五百年中 有大菩薩 因耳而寤

조선시대 서산 대사는 낮닭 우는 소리에, 일제강점기 시절 용성 선사는 다리 위를 지나며 흐르는 물을 보다가, 해방 무렵 범어사 동산 스님은 대나무 잎 위로 바람이 쓸고 가는 소리에 깨쳤다고 한다.

이제 '발칙하게' 한마디 더 보태야겠다.

"내가 열반한 지 2,500년 후 추석 무렵에는 송잇국을 먹다가 깨달음을 얻는 놈이 있을 것이다."

진정한 수행의 시작

自
걸음을 따라
나를 되짚다

붓다께서는 '전생에 가리왕에게 몸을 낱낱이 찢기면서도 그 왕에게 분노하거나 미워하는 마음이 일어나지 않았다'고 《금강경》에서 담담하게 술회하고 있다. 모든 것을 항상 잘 참은 까닭에 인욕선인忍辱仙人이라고 불렸다. 그렇게 할 수 있었던 힘은 '내 몸이긴 하지만 사실 알고 보면 내 몸이라고 할 것이 없다'는 제법무아諸法無我의 법칙에 대한 넘칠 만큼 과도한 신뢰로 무장했기 때문이다. 인연에 따라 조건이 모인 것이 내 몸의 탄생이요, 인연이 다해 조건이 흩어지는 것이 내 몸의 소멸이라는 제행무상諸行無常의 도리까지 덤으로 합세했다. 이를 《금강경》은 '아상我相, 인상人相, 중생상衆生相, 수자상壽者相이 없는 이치'라고 고상하고 어려운 말로써 설명했다.

이 사건의 발단은 사소한 것이었다. 어느 날 가리왕은 궁녀를 데리고 소풍을 나왔다. 함께 오손도손 맛있는 점심식사를 했다. 오랜만에 과식을 한 탓인지 이내 찾아온 식곤증으로 잠을 청했다. 그 사이에 궁녀들은 짧게나마 자유 시간을 갖기로 했다. 꽃과 나비를 따라 산책을 나갔다가 들판의 큰 나무 밑에서 명상을 하고 있는 인욕선인을 만났다. 갑을 관계에서 오는 왕의 정치적 권위와는 또 다른 맑고 고요한 종교적 권위에 그대로 매료되었다. 약속이나 한 듯 모두가 꽃을 바치고 그 자리에서 '오빠 부대'가 되었다.

시간 가는 줄 모르고 노닥거리다가 결국 사단이 났다. 낮잠에서 깨어난 왕은 궁녀들을 찾아나섰다. 하지만 이미 '오빠 부대'로 전락해버린 그녀들을 보자마자 질투심은 극에 달했다. 졸지에 삼각관계가 된 지라 "뭐하는 X이냐?"는 정제되지 않은 거친 어투가 튀어나왔을 것이다. "인욕수행을 하고 있다"는 그의 말이 떨어지자마자 참는 힘이 얼마나 되는지 시험해보겠다는 미명하에 망설임 없이 그의 손발은 물론 잘생긴 코까지 단숨에 칼질을 마쳤다. 그런 다음 적반하장격으로 "진짜 인욕하고 있다는 증거를 보이라"는 닦달까지 해댔다.

"인욕하는 마음에 거짓이 없다면 흘린 피가 모두 우유가 되리라血當爲乳."

이 말이 끝나자마자 주변에 낭자한 피는 우윳빛으로 변해 버렸다. 그야말로 혈유불이_{血乳不二}의 경지를 제대로 보여준 것이다. 물론 몸은 보란 듯이 본래대로 회복되었다. 이에 놀란 왕은 참회하고 선인의 제자가 되었다. 왕권과 종권이 충돌했을 때는 신통력을 보여주는 것이 제일 빠른 해결 방법이라는 것을 다시금 일깨운다.

최초의 금속활자본으로 유명한 《직지》에는 사자 존자의 우유 사건이 기록되어 있다. 전후 상황에 대한 별다른 설명 없이 거두절미한 채 사건의 결과만 간단히 요약해놓았다. 모르긴 해도 이 역시 입에 담기에 민망한 치사한 이유로 왕권과 종권의 충돌이 있었을 것이다. 계빈국의 왕이 "이미 몸이 공_空하다˙고 했으니 목을 달라!"고 했다. 그놈의 《반야심경》은 짧다는 이유로 아무나 외워 이상한 방향으로 해석을 하는 통에 그 화근이 사자 존자에게 미친 것이다.

• 地(땅), 水(물), 火(불), 風(바람) 4대 원소의 모임과 흩어짐이 몸의 생성과 소멸이라고 고대 인도인은 생사(生死)를 설명했다.

하지만 존자 역시 믿는 구석이 있었는지 그의 입에서는 "목뿐만 아니라 이미 몸도 내 것이 아니다"라는 도를 넘는 답변이 나왔다. 이에 주저 없이 목을 베니 '흰 우유가 한 길로 치솟았다白乳高丈'고 기록하고 있다. 문제는 그다음이었다. 전쟁터도 아닌데 아무 데서나 칼을 휘두른 왕은 그 과보로 팔이 저절로 몸에서 떨어져 나갔다王臂自落고 전한다. 이 사건 역시 주변 사람들에게 적지 않은 종교적 감화력을 주었을 것이다.

도올 김용옥 선생은 "유목민족의 '피=젖'이라는 생활 관념이 반영된 설화"라는 견해를 보였다. 《부모은중경》에는 '아이를 낳을 때는 3말 3되의 피를 흘리고, 기를 때는 8섬 4말의 젖을 먹인다'고 하였다. 아기에게 결국 피와 젖이 둘이 아님을 보여주는 희미한 근거로 원용할 수 있겠다. 이처럼 종교 역사에서 '피가 우유가 되는' 사건은 그리 드문 일이 아니다. 신라 불교의 최초 순교자인 이차돈도 "그의 목을 베니 하얀 우유가 한 길이나 치솟았다"는 일은 재삼 언급이 필요 없을 만큼 익히 알려진 이야기다.

선종 역사서인 《보림전》에도 '우유 사건'이 나온다. 다행스

럽게도 살생이 수반되지 않은 경미한 사건이다. 우바국다의
제자들은 전부 바라문 출신인지라 하나같이 거만했다. 성직
자라는 직업은 3차 산업에 속하는 서비스업이다. 서비스업
에 종사하는 이가 거만하다면 이는 포교를 포기하겠다는 말
이다. 그래서 수행자의 거만이란 본분마저 저버리는 결과로
귀착된다. 이 소문을 전해들은 상나화수 존자는 버르장머리
를 고쳐주기 위해 노구를 이끌고 그들이 모여 있는 곳으로
갔다. 그리고 모두가 보는 자리에서 오른손 두 번째 손가락
으로 하늘을 팍팍 찔렀다.

"갑자기 하늘에서 흰 우유가 흘러내렸는데 끈적끈적했다
俄降白乳如膏."

도대체 이런 이상한 현상이 무엇을 의미하는 것인지 대중
은 설명을 원했다. 하지만 "수행을 제대로 하면 알 수 있다"는
답변만 되돌아왔다. 결국 《금강경》에서 말한 '아상' '인상' '중
생상' '수자상'을 제거하는 방편으로 신통력을 보인 셈이다.

수행의 시작은 아만심(스스로 잘난 체하고 높은 체하여 남을
가볍게 여기고 업신여기는 마음)을 버리는 것에서 출발하는 까
닭이다.

기회는 아무에게나 찾아오지 않는다

自
걸음 따라
나를 되짚다

경북 청도 운문사 비로전 법당 천장 한 구석에는 나무로 깎아 만든 조그만 동자상이 대롱대롱 매달려 있다. 보는 이들로 하여금 떨어지지나 않을까 조바심이 들게 하는 스릴만점의 설치미술 작품을 방불케 한다. 동자는 이를 악물고 두 손에 힘을 잔뜩 주고서 반야용선과 연결된 밧줄을 붙잡고 악착같이 매달려 서방정토를 향해 필사적으로 따라간다. 뒷날 이런 모습을 본 사람들은 '악착 동자'라는 별명을 붙여주었다.

동자는 인간 세상에 살 때 착하게 살았던 공덕으로 요절했지만 극락행 티켓을 얻었다. 목적지로 향하는 반야용선이 도착한다는 얘길 듣고 가족과 안타까운 생이별 인사를 하느라고 그만 약속 시간보다 늦어버렸다. 그 사이에 반야용선이 출항해버리자 동자는 발을 동동 구르며 "여기 한 사람 더 있소!"라고 목이 터져라 배를 불렀다. 하지만 앞선 청룡은 늦었다며 얼른 가려고 하고, 반야용선에 용케 탄 사람들은 그 소

리를 못 들었는지 뒤돌아볼 생각도 하지 않았으며, 인로왕
보살은 뱃머리에 서서 나아가는 방향을 잡느라고 정신없었
다. 아미타여래는 중생구제 삼매경에 빠져 꿈쩍도 않고, 관
음보살은 멀미하는 사람, 떠드는 사람들을 챙기느라고 바쁘
고, 지장보살은 뒤편에서 방향키를 잡느라고 딴 데 신경 쓸
겨를이 없었다. 그때 우연히 뒤를 돌아본 황룡이 땅 끝에서
애타는 모습으로 서 있는 동자를 발견했지만 이미 배를 되돌

릴 상황은 아니었다. 이에 황룡은 순간적으로 재치를 발휘하여 있는 힘을 다해 밧줄을 던졌다. 동자는 그 밧줄을 잡고서 악착같이 매달린 채로 종착역인 피안彼岸까지 가야 했다.* 지각의 대가는 그만큼 혹독했다.

이와는 반대로 가섭 존자는 지각으로 인하여 출세를 하게 되었다. 이른바 삼처전심三處傳心**이 모두 지각의 결과물이었기 때문이다.

존자는 뛰어난 자질의 소유자였다. 그는 출가한 지 얼마 지나지 않았는데도 남들보다 뛰어난 수행력을 자랑했다. 그래서 부처님은 자신이 입고 있던 분소의(누더기)를 그에게 친히 입히는 파격적인 대우를 한다. 그는 매우 청빈한 생활을 했으며 넓은 광야에서 홀로 고행을 했다. 이후 그는 '두타제

• 〈경남일보〉, 2011년 9월 9일자, 주부칼럼, 최정희. 영천 영지사에도 악착
동자의 벽화를 그려놓았다고 들었다.
•• 부처님이 가섭 존자에게 세 곳에서 법을 전한 것. 염화미소를 보인 것,
다자탑 앞에서 자리의 반을 양보한 것, 열반 후 두 발을 관 밖으로 내보인 것.

일頭陀第一(석가의 십대 제자 가운데 고행頭陀 수행을 가장 열심히 한 사람)'로 불렸다. 하지만 늘 밖으로만 떠돌았다. 교단은 부처 님의 시자인 아난 존자를 중심으로 석가족 출가자들이 운영 하고 있었기 때문이다. 정기적으로 모여 서로의 허물을 고백 하고 참회하는 포살布薩과 자자自恣의 행사가 있을 때마다 그 는 멀리서 허겁지겁 달려와야 했다. 그날도 마찬가지였다. 늦게 온 가섭에게 부처님께서 연꽃을 들어보이자 그는 빙그 레 미소를 지었다. 그런 '염화미소拈花微笑'도 알고 보면 그가 늦게 왔기 때문에 '그래! 이제 왔냐?' 하면서 꽃을 들어 반가 움을 표시한 것이다.

다자탑多子塔은 비사리성의 서북쪽 방향으로 3리 정도 떨어 진 곳에 있었다. 《조정사원》에 의하면 이 탑은 왕사성에 살 고 있던 어떤 장자의 아들딸들이 한꺼번에 높은 정신 세계를 완성한 것을 기념하기 위하여 그의 친인척들이 세운 탑이라 고 전한다.

출세의 방법은 여러 가지다. 요즈음은 언론계로 진출하거 나 고시를 패스하거나 공기업, 대기업에 입사하는 것이라고 하겠다. 시골에서는 명문학교에 입학하거나 박사학위를 취득하거나 진급하는 것도 동네 청년회 혹은 친인척들이 축하 현수막을 달아주기도 한다. 다자탑은 훌륭한 수행자를 배출한 것이 가문의 영광이었던 그런 시절을 증명하는 또 다른 증거인 셈이다.

그날 모임은 다자탑 앞에서 열린다는 전갈을 받았다. 하필 가섭 존자는 평소보다 더 멀리 있었다. 부랴부랴 달려왔다. 지난번 지각 때는 뒷자리라도 남아 있었지만 이번에는 앉을 자리조차 없었다. 완전히 지각대장으로 낙인찍히는 순간이었다. 주변을 맴돌면서 비집고 들어갈 자리를 찾아보려고 기웃거리는 그와 부처님의 눈이 마주쳤다. 부처님은 '이리 오라!'는 손짓을 했다. 당신이 앉은 자리의 반을 내주면서 가섭을 앉도록 배려했다. 이것이 그 유명한 '다자탑전 분반좌多子塔前 分半座' 사건의 전말이다.

부처님께서 돌아가실 때 가섭은 칠엽굴에 머물고 있었다. 열반 소식을 듣고 허겁지겁 달려왔을 때는 이미 입관이 끝나고 장례식을 앞둔 시점이었다. 늦어도 너무 늦었다. 그는 아난에게 부처님의 마지막 모습을 뵙게 해달라고 세 번이나 간청했지만 아난 역시 그 청을 들어줄 수 있는 상황이 아니었다. 그건 봉해버린 관 뚜껑을 다시 열어야 하는 엄청난 일이었기 때문이다. 별다른 도리가 없음을 알고 난 그는 다비를 치르기 전에 관 앞에서 흐느껴 울었다. 그때였다. 부처님께서 두 발을 관 밖으로 내밀어 보이는 믿을 수 없는 일이 일어난다. 이른바 곽시쌍부椰示雙趺 사건이다. '염화미소'나 '다자탑전 분반좌' 때처럼 몇 시간 차이로 늦게 온 것이 아니라 아예 며칠 늦게 도착했다. 지각이라기보다는 거의 결석에 가까운 지각이다. 그럼에도 부처님은 열반한 이후에도 가섭에게 배려를 아끼지 않으셨다.

어쨌거나 결론은 지각도 지각 나름이다. 악착 동자는 잠깐의 지각에도 걸상을 두 손으로 들고 꿇어앉아 오랜 시간 벌을 서야 했다. 하지만 상습적으로 지각을 밥 먹듯이 하는 가섭 존자는 아무 일 없다는 듯이 매번 그냥 넘어갔다. 지각도 누가 하느냐에 따라 벌을 받을 수도, 상을 받을 수도 있다는 사실이다. 도대체 이 도리는 어떤 도리인지 화두 삼아 곱씹어볼 일이다.

경치만 좋다고 명산이 되는 것은 아니다

自
걸음 따라
나를 되짚다

《화엄경》〈입법계품〉 첫머리에는 '염부단금閻浮壇金'이 나온다. 대삼림 속을 흐르는 강물 바닥에서 산출되는 금을 '사금砂金'이라고 한다. 적황색으로 자색을 띠며, 금 가운데 가장 귀한 것으로 평가된다. 지구 위에서 대삼림 속을 흐르는 강물의 대표라고 할 수 있는 남미의 아마존강 유역에서 사금을 채취한다면 염부단금과 유사할 것이다. 금도 생산되는 지역에 따라 유형이 여럿이라는 것을 충분히 짐작할 수 있겠다. 그럼에도 사바 세계는 24K 등 순도 한 가지 기준으로만 누런 금값을 매긴다. 하지만 화엄 세계는 오래전부터 금도 여러 종류가 있다고 밝혔다. 경전에서는 최고의 빛깔을 '자금색', 즉 붉은빛이 나는 금색이라고 한다. 아름답거나 훌륭함을 찬탄하는 용어로 수시로 인용되곤 했다.

《선어록》에서는 사찰을 '보방寶坊'이라고 부른다. '보배 구역'이라는 말이다. 다른 말로 '금지金地'라고도 한다. 불·법·

승佛·法·僧이라는 삼보三寶가 머무는 공간이기 때문이다. 불보佛寶와 법보法寶는 본래 보물이지만, 살아 움직이는 승보僧寶는 보물단지가 될 수도 있고 애물단지가 될 수도 있다. 승보가 보물단지가 될 때 불보와 법보는 더욱 빛나기 마련이다. 그래서 사람이 제일 큰 보배인 것이다. 과거 시대에 한 획을 그었던 화려한 성전이라고 할지라도 현재 종교적 기능이 정지된 채 드나드는 사람들이 관광객뿐이라면 그건 성전이 아니라 한갓 박제된 구경거리에 불과하다.

권위와 흠모를 동시에 추구해온 종교계는 정치가보다 더 많은 숫자의 금빛 건물을 남겼다. 그래서 세계 주요 관광지마다 '황금 사원'이란 명칭을 쉽게 만날 수 있다. 돔이나 탑의 일부분 혹은 건물 전체를 금칠로 마감한 까닭이다. 모든 건축 재료가 금덩어리였다면 더 유명세를 떨쳤을 것이다. 하지만 그만한 양을 구할 수도 없거니와 설사 구한다 할지라도 그 비용을 감당하기 어려운지라 '겉멋'으로 만족해야 했다. 하지만 속까지 금이었으면 좋겠다는 욕망은 그리스 신화인 '마이더스의 손' 사건이 잘 보여주고 있지 않은가. 이는 만지기만 하면 무엇이건 황금으로 바뀌는 신통력에 대한 우화이다. 어찌 그 왕뿐이겠는가? 누구나 한번쯤 상상해본 일일 것이다. 하지만 욕심이 과하면 화를 부르기 마련이다. 음식을 먹기 위해 손으로 집었더니 빵마저 금으로 변해버렸다. 금이 아무리 좋다 해도 먹을 수는 없다. 또 곁에 있는 공주를 만졌다가 그 딸마저 황금 동상으로 바뀌는 과보를 받고서야 욕심의 실상을 제대로 깨친다는 줄거리다.

어느 시인은 '사람이 꽃보다 아름답다'고 노래했다. 좋은 사람은 금보다 더 빛난다. 휴대폰이 없던 시절, 학교에서 수업을 마친 아이들이 똑같은 교복을 입고 교문에서 쏟아져 나와도 어머니는 자기 아들을 곧바로 알아본다고 한다. 그 이유는 어머니만 알아볼 수 있는 아들만의 빛이 있기 때문이다. 어머니에게 그것은 금빛보다도 더 아름다운 빛일 것이다.

경치만 아름답다고 명산이 되는 것은 아니다. 그 산의 정기를 받고 태어난 많은 인재가 세상을 금빛으로 바꿀 때 비로소 진짜 명산이 되는 법이다. 선진국은 금칠한 빌딩이 많은 나라가 아니라 원칙을 존중하면서 상대에 대한 배려심을 갖춘 상식적인 사고를 하는 사람이 많이 사는 나라를 말한다.

미
래
욕

自
걸음을따라
나를되짚다

누군들 미래가 궁금하지 않겠는가? 이 세상과 우리나라 그리고 내 인생이 앞으로 어떻게 전개될 것인가 하는 궁금증은 살아 있는 한 영원한 관심사다. 강호동양학의 고수 조용헌 선생은 식욕, 성욕, 수면욕 다음으로 인간의 강력한 욕구 중 하나가 앞날을 알고자 하는 '미래욕'이라고 말했다. 그런 의미에서 미래욕이란 결국 명예욕과 직결된다. 동서고금을 막론하고 이 욕구는 인간이 지구 위에 존재하는 한 영원히 계속될 것이다. 더불어 미래욕을 충족시키기 위해 갖가지 지혜를 동원해왔다.

하지만 이는 대놓고 직설적으로 말할 수 없는 영역이기도 하다. 이유는 미래란 늘 가변적인 것이며, 또 천기누설이라는 금기의 영역인 까닭이다. 그래서 미래학의 언어들은 두루뭉수리한 표현과 애매모호한 중첩된 언어로 구성되어 있다. 알아서 알아들으라는 식이다. 그래도 그 한마디가 주는 무게

감은 지푸라기라도 잡은 것처럼 안심安心적 측면에서 참으로 유용하다. 하지만 어떻게 해석하고 받아들이느냐에 따라 득이 될 때도 있고 독이 될 때도 있다.

개인의 미래 못지않게 중요한 것은 공동체의 미래다. 개인의 미래가 공동체에 미치는 영향도 적지 않지만 공동체의 미래 역시 개인의 미래에 미치는 영향이 매우 크다. 특히 왕조의 흥망성쇠에 관련된 유언비어성 예언설은 국가적 관심사 차원에서 수집되곤 했다. 고려 중기에는 '십팔자득국十八子得國'이 유행했다. 십팔자十八子는 '이李'의 파자다. 뒷날 이씨 왕조가 개국되었다. 조선조에 들어서며 정씨가 왕이 된다는《정감록》이 유행하였다. 촉망받는 젊은 인재 정여립은 이를 믿고 난을 일으켰으나 성공하지 못했다. 그럼에도 앞으로도 정씨가 군주로 등장할 때까지 계속 진행형으로 남아 있을 것이다. 삼재三災가 미치지 않는다는 십승지十勝地 이론은 지금도 유효하다. 팔만대장경이 보존된 가야산 일원도 십승지의 한 곳이다.

고려 초기의 대학자이며 '시무 28조'를 올린 정치가 최승로는 성종에게 '금계자멸 병록재흥金鷄自滅 丙鹿再興'이라는 당시 유행하던 예언설을 수집하여 보고했다. 금계는 김씨의 계림이고 병록은 '려麗'자의 파자破字로 고려를 지칭한다. 신라는 기울고 고려는 흥한다는 의미다. 글자를 분해하는 방법을 통해 간접적으로 뜻을 드러내는 것은 예언설의 정형이다. 신라의 골품제도로 빛을 보지 못한 최치원 이하 최씨의 후예들은 고려의 개국으로 중용되면서 왕조의 기반 확립에 많은 공로를 남겼다.

본래 예언하는 말이란 하나같이 아리송하기 마련이다. 그래서 코에 걸며 코걸이가 되고, 귀에 걸면 귀걸이가 된다. 하지만 《육조단경》의 이 예언은 보통의 상식을 가진 사람이라면 이해하는 데 별다른 어려움이 없다.

> 너의 문하에서 망아지가 나와
> 천하 사람을 밟아죽일 것이다.
> 汝足下出一馬駒
> 踏殺天下人

마馬는 물론 마조를 가리킨다. 알다시피 마조 스님의 성은 마씨다. 홍주洪州(강서성)라는 변방 지역에서 활동하던 마조도일 선사가 선종 천하를 통일할 것이란 예언이다. 마조의 등장 과정에서 어쩔 수 없이 피해를 보는 사람도 여럿 생길 것이다. 이것을 답살踏殺이라고 표현했다. 유탄을 맞고 선종사 속에서 사라진 하택신회 선사가 대표적 피해자라 하겠다.

이순신 장군 유언처럼 '알리지 말아야 할' 죽음도 있지만 반드시 주변에 알려야 할 죽음도 있기 마련이다. 알릴 것과 알리지 말아야 할 것을 잘 구별하는 것도 지혜로운 이가 갖추어야 할 덕목이다.

누군들 미래가 궁금하지 않겠는가?

미래학의 언어들은 두루뭉수리하고 애매모호하다.
알아서 알아들으라는 식이다.
그럼에도 그 한마디가 주는 안심의 무게감은 적지 않다.
하지만 어떻게 해석하고 받아들이느냐에 따라서
득이 될 때도 있고 독이 될 때도 있다.

개의 마음까지 읽다

自
걸음따라
나를되짚다

강원도 동해안에 있는 도반 절에서 추석 연휴를 보냈다. 아침, 점심, 저녁을 먹은 후 하루 세 번 느긋한 걸음걸이로 동구까지 포행을 다녔다. 천천히 걸으면 왕복 40분가량 걸렸다. 경사도 적당한지라 하루 운동량으로 충분했다. '보리'라는 이름을 가진 진돗개가 항상 동행했다. 늘 눈곱이 끼어 있는 이 녀석도 나이가 만만찮아 올라갈 때는 헉헉거렸다. 그래도 얼마나 깔끔한지 절에서 몇 년을 같이 살아도 똥 누는 모습을 한 번도 본 적이 없다고 한다.

보리는 어느 해 비가 억수같이 내리는 날 기진맥진해 주지실 앞에서 쓰러졌다고 했다. 아마 계곡을 건너다가 물살에 휩쓸려 떠내려가다 죽을힘을 다해 헤엄쳐 나온 것으로 짐작된다. 자상한 성정의 도반 스님은 '삐뽀삐뽀' 하며 비상등을 켠

채 전속력으로 달려 동물병원에 데리고 갔다. 응급조치를 마친 수의사는 너무 나이가 많아 가망 없다고 최후통첩을 했다.

할 수 없이 사찰로 데리고 왔다. 수건으로 털의 물기를 닦아내고 드라이기로 몸을 말린 후 전기난로를 피웠다. 입을 강제로 벌려 우유와 약을 계속 먹였다. 드디어 사흘 후에 깨어났다. 생명 있는 것은 어쨌거나 최선을 다해 돌볼 수밖에 없다. 그리고 15년 동안 천년고찰의 문화재를 지켰으니 이미 자기 밥값을 한 셈이다.

이야기
둘

경기도 포천의 어떤 절에서 만난 그 진돗개는 여간 사나운 게 아니었다. 산에서 내려온 멧돼지가 혼비백산하며 도망갈 정도로 용맹을 떨쳤다. 어떤 날은 올무에 걸렸는지 털이 빠지고 허리에 철사 자국이 선명했다. 그래도 기상은 여전했다. 온 산을 헤집고 다녔다. 그러던 어느 날 결국 제대로 사고를 쳤다. 앞발이 완전히 찢어져 나타난 것이다. 칼로 그은 것처럼 일직선으로 벌어져 생살이 그대로 드러났다. 상처 길이가 족히 20cm는 될 것 같았다. "어이구!" 하며 미간을 잔뜩 찌푸린 채 동물병원으로 싣고 갔다. 깁는 수술을 해야 한다고 했다. "그냥 두면 어찌 되느냐?"고 물었더니 "파상풍 걸려 죽지요!"라는 답변이 돌아왔다.

할 수 없이 모든 것을 수의사의 결정에 맡겼다. 개 몸값의 몇 배가 되는 비용을 지불한 뒤 병원 문을 나섰다. 과다 지출에 대한 화풀이로 한 대 쥐어박았다. 지은 죄를 아는지 평소와는 달리 잔뜩 풀이 죽은 채 눈만 껌뻑였다. 연민심이 일어 다시 머리를 쓰다듬어주었다. 그래! 이만하길 다행이다.

이야기
셋

대월씨大月氏국의 어떤 바라문 집에는 유별난 습관을 가진 개 한 마리가 있었다. 그 개는 항상 처마 밑 그 자리만을 고수하며 앉아 있거나 누워 있는 것이 하루 일과였다. 혹여 불가피한 일이 생기면 그것을 해결하고는 이내 그 자리로 돌아왔다. 심지어 비가 들이치거나 혹은 그 자리가 물에 잠겨도 떠나지 않고 그대로 잠을 잤다. 이런 옹고집을 보다 못한 주인이 지팡이로 때리면 잠시 자리를 피했다가 다시 그 자리로 되돌아오는 것이었다. 무려 15년을 그렇게 했다.

어느 날 주인은 이상한 생각이 들었다. 불현듯 필시 무슨 곡절이 있을지도 모른다는 생각이 일어났다. 마침 그때 가야 사다 존자가 그 집을 찾아왔다. 존자의 명성은 익히 알고 있었다. 신통력을 가졌다는 소문이 자자했기 때문이다. 정성껏 대접을 한 뒤 저간의 사정을 설명한 후 그 연유를 물었다.

"저 개는 당신의 조상입니다. 돌아가실 무렵 핏줄들이 그 곁에 아무도 없었습니다. 그래서 당신이 소유한 황금을 물려줄 수가 없었습니다. 할 수 없이 항아리에 담아 처마 밑에 땅을 파고 묻었습니다. 다시 개로 환생하여 자기 재산을 지키고 있는 것입니다. 그 자리를 파보십시오. 금을 수습하고 나면 개는 굳이 그 자리를 고집하지 않을 것입니다."

그 말에 따라 땅을 팠더니 항아리가 나왔고 그 속에는 황금이 가득했다. 그날부터 그 개는 집안 여기저기를 내키는 대로 다녔고 아무데서나 잠을 잤다. 이 인연으로 개 주인은 존자의 제자가 되었다.

가야사다 존자는 개가 황금 방석을 깔고 앉아 있다는 사실을 알았다. 하지만 어리석은 주인은 개의 별스런 습관을 나무라기만 했다. 모르고 보면 이상 행동이지만 알고 보면 정상 행동이다. 말 못하는 짐승의 '이심전심'까지 읽을 수 있다면 언젠가 횡재할 일도 생기는 법이다.

더러운 것도 깨끗한 것도 없다

自
걸음 따라
나를 되짚다

추석 연휴가 끝난 뒤 중국 서안西安을 찾았다. 그 옛날 당나라의 수도 장안長安이다. '서울 장안'이란 말에서 보듯 장안이란 말 자체가 '나라의 중심'을 의미한다. 당시에 서역(인도, 유럽 포함)과 동녘(신라, 일본 포함)에서 저마다 꿈과 환상을 가지고 이 지역으로 꾸역꾸역 사람들이 모여들었다. 유동인구를 제외한 상주인구만 해도 100만 명을 자랑할 정도였다. 당나라 때 100만 명은 현재의 1,000만 이상의 북적거림이었을 것이다. 그래서 늘 불야성을 이루었다. 시류를 따라 당시 스님들도 갖가지 핑계를 대면서 너도 나도 서울로 진출했다. 이런 현상을 뒷날 낭야혜각 선사는 점잖게 타일렀다.

"장안이 비록 좋다 하나 절대로 오래 머물지 말라長安雖樂 不是長久."

중국은 이런저런 일로 몇 번 다녀왔다. 그럼에도 서안은 처음이다. "중국! 어디까지 가봤니?" 하고 스스로에게 물어야 할 형편이다. 정말 세상은 넓고 참배해야 할 성지도 너무 많다. 고색창연한 장안을 그리면서 왔는데 기대가 너무 컸는지 생각보다 작고 초라했다. 하지만 만만찮은 규모와 7층 높이(64m)를 자랑하는 대안탑大雁塔은 예나 지금이나 이 지역을 상징하는 랜드마크로써 오늘도 변함없는 위상을 유지하고 있는지라 그나마 위로가 되었다. 유수의 국적 항공사 광고 덕분에 우리에게도 더욱 친숙한 탑이 되었다. 그 광고의 마지막은 대안탑을 배경으로 간절하게 합장한 채 정성스럽게 허리를 숙이는 아주머니 옆모습으로 '생지축지 생이불유生之畜之 生而不有(낳고 기르되 소유하지 않는다)'라는 한자가 오버랩된다. 이 카피가 교육열에 관한 한 세계에서 둘째가라면 서러워할 이 땅의 엄마들에게 적지 않은 울림을 주었을 것이다. 노자가 일찍이 자식에 대한 지나친 집착을 스스로 경계하라고 남긴 여덟 글자가 TV 화면 속에서 우리를 향해 다시 걸어 나온 것이다.

대안탑은 대자은사大慈恩寺 경내에 있다. 이 절은 현장 법사를 위해 당나라 조정에서 번역 공간으로 제공한 곳이다. 사찰 곳곳에 스님의 체취와 흔적이 고스란히 남아 있다. 대안탑의 '대안大雁(큰기러기)'은 순례 길에서 겪었던 어려움이 그대로 묻어난 이름이다. 당시 인도로 가는 길은 목숨을 담보로 한 위험천만한 여정이었다. 숱한 고통이 뒤따랐다. 언젠가 사막에서 길을 잃고 헤매다가 마침내 정신마저 아득해졌을 때 어디선가 기러기가 나타났다. 날갯짓으로 길을 안내해준 덕분에 그 위기를 무사히 넘길 수 있었다.

탑을 조성한 본래 목적은 당신이 수집해온 엄청난 분량의 경전을 보관해두기 위한 법보전法寶殿이었다. 하지만 탑 이름을 '대안'으로 지은 것은 기러기 은혜에 보답하기 위함이다. '말 못하는 날짐승의 은덕까지 기억하고 있기에 이 도량은 대자은大慈恩의 공간이 될 수밖에 없겠구나' 하는 생각이 든다. 미물을 향한 애틋함까지 함께 음미하면서 7층까지 천천히 올라갔다. 탑 중심이 비어 있는 탓에 안전을 위해 난간이 둘러져 있는 나무 계단을 한 칸 한 칸 조심스럽게 밟았다. 층층마다 사방으로 창문을 낸 덕분에 시가지 전체를 조망할 수 있는 전망대 기능까지 겸한 중국풍의 전형적 벽돌탑이었다.

일행과 함께 《반야심경》을 합송했다. 번역의 역사적 현장現場에서 번역자인 현장 법사가 직접 지켜보는 자리에서 그 경을 읽으니 사뭇 감이 달랐다. 그동안 수천 번은 읽었을 터인데 이번 독송은 또 다른 느낌으로 닿아온다. 아마 세상 사람들에게 가장 유명한 불교 경전을 꼽으라면 하나같이 《반야심경》을 열거할 것이다. 또 불교에 관심 있는 이들이 가장 먼저 접하고 외우는 경經이기도 하다. 알고 보면 《반야심경》을 매개체로 가장 많은 사람이 가장 자주 만나는 스님이 현장 법사인 셈이다. 후학들은 짧은 한 편의 경구 속에서 당신의 땀과 열정을 접한다. 더불어 촉이 더 발달한 이는 천년 전 대자은사의 공기와 흙냄새까지 스며 있음을 알게 될 것이다.

언젠가 《반야심경》의 '불구부정不垢不淨'이라는 네 글자 앞에서 호흡이 멈추었다. 더러운 것도 없고 깨끗한 것도 없다고 했다. 그럼에도 우리는 늘 더러움은 피해가고 또 깨끗함만 찾아가려고 애쓴다. 쓰레기통이 있어 주변이 청결하다는 사실을 잊고 쓰레기통을 멀리 하려고만 든다. 더러움이 없으면 결국 깨끗함도 있을 수 없는데도 말이다.

또 인간에게 더럽게 보이는 것을 파리, 모기는 깨끗하게 볼 수도 있다. 진짜 '더러움의 실체'가 있다면 사람에게도 파리에게도 똑같이 더러워야 한다. 그런데 사실은 그렇지 않다. 그렇다면 '더럽다'는 것이 과연 무엇일까? 반대로 '깨끗하다'고 하는 것은 또 무엇일까?

제대로 알고 보면 '더러운 것'은 없다. 다만 '더럽다는 생각'이 있을 뿐이다. 따지고 보면 '더럽다' 혹은 '깨끗하다'라고 하는 것조차 결국 차별심과 분별심이라는 생각이 만들어낸 지극히 주관적인 느낌에 불과하다. 이 프레임에서 벗어날 수만 있다면 그야말로 '불구부정'이 무슨 말인지 제대로 알 것 같다.

일본 도쿄 대각사大覺寺의 심경전心経殿은 역대 천왕들이 쓴 《반야심경》을 모신 곳이다. 한 자 쓸 때마다 세 번 절을 올리는 일자삼배를 통해 정성과 그 뜻을 음미했다고 한다. 경전을 필사하는 수행도 '불구부정'을 이해하는 좋은 방법이 될 것 같다.

바쁨 속에서 느긋함을 찾아가다

自
걸음을 따라
나를 되짚다

오전 10시 서울 종로구 부암동 창의문 입구에서 모이기로
했다. 목적지 입구의 건널목에서 A군이 신호등 바뀌기를 기
다리는 우리를 발견하고는 손을 흔들었다. 길 옆으로 커피숍
이 있고 그 뒤편 언덕 위에는 만둣집 간판도 보인다. 미쉐린
가이드 서울 편 부록에 가격 대비 만족도가 높다는 식당을
따로 모아놓은 '빕 구르망'에도 이름을 올렸다.

성문의 현판 글씨는 창의문彰義門이다. 그런데 대부분 자하
문紫霞門이라고 부른다. 조선의 이데올로기인 의義자가 들어
간 딱딱한 이름은 별로 인기가 없었던 모양이다. 성문 위에
서 보랏빛까지 머금은 아름다운 저녁 노을紫霞을 감상하기에
더없이 좋았던 자리인지라 모두가 자하문으로 불렀다. 생각
은 또 다른 생각으로 이어진다. 해인사 일주문의 '홍하문紅霞
門' 편액도 떠오른다. 작은 세로글씨를 숨기듯이 고목나무에
매달린 매미처럼 붙여놓았다. 아름다운 붉은 노을빛紅霞을

감상하는 명당임을 알리는 가이드 노릇까지 맡겼다. 유가와 불가의 표면적인 엄격함 뒤로 항상 이런 감성적 언어가 같이 했다. 예禮(위계질서)가 있으면 악樂(함께 즐김)도 있고 긴緊(팽팽 함)이 있으면 완緩(느슨함)도 함께 있어야 사람 사는 곳인 까 닭이다.

동시에 3명도 모이기 어렵다는 20대가 10여 명 모였다. 환승 도중에 문제가 생겨 조금 늦는다는 연락을 전해온 마지 막 인물까지 도착했다. 덕분에 오래 앉아 있기 힘들게 설계 한다는 공학적 의도가 더해진 카페 딱딱한 나무 의자에서 젊 은이들의 상큼한 수다를 듣는 기쁨을 쏠쏠하게 누렸다. 시험 공부에, 취업 준비에 정신이 없다고 한다. 그 사이에 또 짬을 내 '노동의 신성한 가치를 알기 위해' 알바를 해야 한다면서 미간을 찌푸린다. '인류 보존을 위해' 데이트도 해야 한다면 서 멋쩍게 웃기도 한다. 처음부터 끝까지 '바쁘다'는 말을 입 에 달고 있다. 이들과 함께하는 나들이 목적지를 한양도성으 로 정한 이유는 단 하나였다. 가깝기 때문이다. 모두 시간이 없어서 멀리 못 간다는 것이다. 그래서 한 시간 답사 후 점심 먹고 2시쯤 헤어지는 스케줄로 짰다.

서울 성곽은 500년 동안 자기 몫을 충실히 다했다. 한양을 지켜준 울타리였다. 이 정도의 높이와 시설로 수도를 방어할 수 있는 시절도 있었다니. 호랑이 담배 먹던 때도 아니고 불과 100여 년 전까지 그랬다. 예나 지금이나 성곽은 변함없는데 무기가 창칼에서 총과 대포로 바뀌면서 그 기능을 상실했다. 내가 변하지 않는다 해도 주변이 변해버린다면 나 역시 바뀔 수밖에 없다. 산성도 군사용에서 관광용으로 완전히 용도가 바뀌었다.

옛사람들은 약 20km인 한양도성 전체를 봄, 여름이면 무리를 지어 한 바퀴 돌면서 주변 경치를 감상했다고 유본예는 《한경지략》에 기록했다. 이른 아침 첫걸음을 떼면 해질 무렵 출발지로 되돌아왔던 순성巡城 길이다. 그때도 살벌한 군사적 목적 외에 훈훈한 관광용을 겸했던 것이다. 산성만 그런 것이 아니다. 바다도 그렇다. 군항인 동시에 크루즈선 정박을 겸하는 그런 항구는 더 친밀감을 줄 것이다. 지방에 있는 공항들도 군용과 민간용을 겸하는 곳이 대부분이다. 다용도일 때 공간의 효율성이 더욱 높아지는 까닭이다.

돌계단으로 이루어진 경사면이 좀 가파르긴 했지만 잘 닦인 길도 '바빠서' 운동량이 부족한 탓인지 모두 힘들어한다. 산성 따라 줄을 지어 걷는 이들은 대부분 등산복으로 무장한 중년층이었다. 익숙한 자세로 날렵한 걸음이다. 우리 팀이 제일 젊은 것 같은데 쉼터마다 쉬어야 했다. 이마에 땀을 훔치며 말바위에 도착한 후 삼청공원 방향으로 내려왔다. '바쁘다'는 B가 식당에 앉자마자 점심을 후다닥 먹고는 알바 때문에 먼저 가야 한다며 자리를 뜬다. 두

번째 답사 일정은 동대문 근처 낙산공원에서 말바위 쪽으로 오는 한 시간짜리 길을 선택했다. 이런 식이라면 열두 번은 와야 성곽길을 한 바퀴 돌 수 있다는 계산이 나온다. 그야말로 슬로 시티가 되는 것이다. 올 가을에 있을 취업 시험을 위해 그룹스터디에 참여하느라 '바빠서' 두 번째 답사는 참석이 어려울지도 모른다는 C의 말도 얼마 전 들려왔다.

그들도 여러 일로 바쁘지만 필자도 하는 일 없이 바쁜 사

람이다. 게다가 우리가 서로 이해관계로 엮인 사이도 아니다. 그러하니 답사의 지속성도 쉽지는 않겠다. 그래도 인생 선배로서 '바쁨' 못지않게 '휴休'의 중요성을 알려야 한다는 사명감이 발동한다. 묘안을 짰다. 오프라인이 어려우면 온라인을 이용하는 방법도 있다. 그래서 이른바 '밴드'를 만들었다. 언제나 스마트폰을 쥐고 사는 세대이니만큼 사이버공간을 이용하여 대면하는 것이 최적의 대안이라고 옆에서 조언했기 때문이다. 조언자는 밴드 관리까지 맡겠다고 나선다. 천군만마를 얻었다.

밴드 형식을 갖췄다 해도 채울 내용은 더 문제다. 먹방처럼 부암동의 만두가 맛있다는 잡담만 하고 있을 수도 없는 일이다. 모두를 묶을 만한 공동 관심사를 발굴해야 한다. 병역 의무를 마친 예비역까지 있으니 나이 편차도 있고 성별은 말할 것도 없고 전공도 다르고 출신 지역도 각각이다. 궁리 끝에 보편적 공감대로 '여행'을 설정했다. 여행을 싫어하는 이는 없기 때문이다. 문득 '여행'보다는 '답사'라는 단어가 더 좋아 보여 밴드 이름을 '답사만리'라고 붙였다. 여행과 관련된 짧은 글을 퍼날랐다. 읽기만 하고 '조금 바빠서' 조용히 흔적 없이 사라지는 경우가 대부분이지만 '덜 바빠서' 더러 댓글도 붙는다. 댓글에 또 댓글을 달면서 추임새를 넣으며 머리를 식히는 '휴파'도 생겼다.

이래저래 젊은이들이 바쁘다. 바쁘니까 또 아프다. '아프니까 청춘'이라고 위로해도 그 순간뿐이다. 힐링을 위해 명상수행센터를 찾고 템플 스테이와 함께 참선을 해도 잠시 그때뿐이다. 제자리로 돌아오면 또 스스로 해결해야 하는 녹록지 않은 현실이 '아프게' 또 '바쁘게' 기다리고 있을 테니까.

인과는 되돌아오게 마련

自
걸음 따라
나를 되짚다

충북 보은 속리산에서 한 밤을 지새운 후 아침 일찍 길을 나섰다. 내비게이션에 '만동묘'를 쳤다. '만동묘정비'라고 뜬다. 현재 주변을 정비하고 있나? 아무리 정보기술 강국이라고 하지만 '정비 중'이라고 가르쳐줄 만큼 프로그램이 친절하지는 않을 텐데. 한 시간 남짓 지나 목적지에 도착한 후 의문은 풀렸다. 정비는 지방문화재인 정비庭碑(뜰에 서 있는 비석)였다.

이 비석은 일제강점기 때 수난을 면치 못했다. 임진왜란 때 명나라 지원군의 조선 파병 기록 때문이다. 비슷한 경우인 해인사 사명 대사 비석도 땅 속에 묻혔다. 여수 진남관 이순신 장군 비석도 경복궁 뜰에 묻혀 있었다고 한다. 없애지 않고 감추기만 했으니 그나마 다행이다. 만동묘정비는 1983년 홍수 때 땅에 묻힌 것이 드러났다. 공주 무령왕릉도 폭우 때문에 발견됐으니 문화재 발굴에는 자연재해가 주는 긍정적 공로도 적지 않은 셈이다. 정비는 묻힐 때 이미 글자는 알아볼 수 없을 만큼 망가진 상태였다. 그래도 '오리지널'이라 그 자리에 다시 세웠다. 다행히 한문으로 된 원문 기록은 남아 있었던 모양이다. 계곡 옆 도로변에 새 비석과 한글 번역문을 같이 세웠고 주변 건물도 다시 살렸다. 역사 복원도 복원이지만 지방자치단체는 관광자원이라는 사실을 더 염두에 두었을 것이다.

만동묘萬東廟는 명나라에 원군을 보낸 신종(의종 포함) 임금의 위패를 모신 사당이다. 파병으로 조선의 종묘사직을 지킬 수 있었으니 그 성은에 대한 보답이었다. 6·25 때 파병을 결정한 외국 대통령의 동상을 세워야 한다는 어떤 단체의 아이디어도 여기서 나온 모양이다. 만동묘는 건립의 외형적 명분과는 달리 실제 내용은 당시 정치적 주류인 노론 세력의 근거지였다. 이곳을 중심으로 호가호위하는 무리가 설쳐대면서 엄청 민폐를 끼쳤다고 한다.

'만동'은 만절필동萬折必東이다. 황하는 수만 번 꺾여도 필히 동쪽으로 흐른다고 했다. 충신의 기개와 절개는 절대로 꺾을 수 없다는 의미도 그 위에 포개졌다. 중국 지형은 서쪽이 높고 동쪽이 낮으므로 중간중간 휘돌아 갈지라도 모든 강물은 동쪽으로 흐르기 마련이다. 하지만 우리나라는 동쪽이 높고 서쪽이 낮아 대부분의 하천이 서해로 흘러든다. 따라서 이 땅에서는 만동묘가 아니라 '만서묘萬西廟'라고 해야 옳을 것 같다. 문화권을 이동하면서 주체적인 소화 능력이 부족하면 이런 오해 아닌 오해가 생기기 마련이다.

만동묘 계단은 엄청 가팔랐다. 그 숫자도 만만찮다. 족히 30개는 될 것 같다. 가로도 엄청 길다. 참배할 때 엉금엉금 기어서 올라가라는 의미였다. 말에서 내려 걸어오라는 하마비下馬碑보다도 한 단계 더 급을 높인 셈이다. 과도한 예의는 예의에 어긋난다고 했던가. 흥선대원군이 야인 시절에 참배를 왔다. 연로한 나이 때문에 가파른 계단을 혼자 오를 수 없었다. 어쩔 수 없이 하인들의 부축을 받았다. 위세 등등한 만동 묘지기가 황제를 배알하는 예의에 어긋난다면서 엄청 구박했다. 인과는 금방 되돌아오기 마련이다. 얼마 후 대원군은 정치적 실세가 됐다. 그 사건 때문에 서원철폐령에 의해 가장 먼저 문을 닫게 됐다. 힘은 있을 때 아껴야 하는 법이다.

맞은편 절벽 위에 있는 암서재巖棲齋(바위에 깃든 집)는 멀리서 봐도 범상치 않은 자리였다. 아무리 살펴봐도 진입로가 보이지 않는다. 계곡을 건너가기에는 너무 깊고 또 폭은 넓다. 바위와 바위 사이를 징검다리 삼아 뛰어넘고자 해도 위험해서 포기했다. 식당 주인장, 국립공원 직원 등에게 물어도 도움이 안 될 만큼 대충 가르쳐준다. 아니 제대로 알고 있는 것 같지도 않다. 하긴 늘 곁에 있으니까 일부러 갈 필요는 없었을 것이다. 가까울수록 소중함을 잊고 산다더니 정말 그랬다. 커피집 총각에게 물어도 '모름'이라는 대답이 돌아왔다. "관광지에 살면서 커피만 팔지 말고 지역 문화도 함께 팔아라"고 한마디 보냈다. 할 수 없이 혼자 힘으로 눈대중과 발품을 팔아서 겨우 해결했다.

암서재는 깎아지른 절벽 위에 앉아 있는 세 칸짜리 소박한 토굴이다. 우암 송시열 선생이 낙향해 글을 읽던 서재로 1666년 지었다고 한다. '시냇가 바위 위에 벼랑이 열렸으니 그 사이에 작은 집을 지었다溪邊石崖闢 作室於其間'는 시를 남긴 은거지다. 힘들게 찾아온 만큼 구석구석 샅샅이 살폈다. 뒤편 화강암 벽에는 후손 송씨들이 다녀가면서 새긴 이름자도 보인다. 마루에서 바라보는 화양구곡은 선경 그 자체다. 범상치 않은 위치와 장식 하나 없는 백골집 구조를 보아하니 선비의 군더더기 없는 삶과 타협할 줄 모르는 꼬장꼬장한 성향을 그대로 드러내고 있다고나 할까.

대문인 일각문 코앞의 큰 바위 틈 사이에 누군가 테이크아웃용 커피 잔을 끼워놓았다. 그리 오래된 것 같지는 않다. 어쨌거나 쓰레기는 치워야 한다. 한 손에 그것을 쥔 채로 좁고 가파른 자연석으로 된 계단을 다른 한 손으로 짚어가며 천천히 내려왔다. 하늘에 발자국을 남기지 않는 새처럼 잠깐 다녀간 방문객의 흔적은 뒷사람이라도 치우는 게 함께 살아가는 도리이다.

내가 선 자리가 바로 룸비니 동산이어라

自
걸음 따라
나를 되짚다

몇 년 전 어느 봄날, 인도 성지순례를 다녀왔다. 이른 아침 룸비니 동산(붓다 탄생지)으로 가는 길은 옅은 안개가 기분 좋을 만큼 깔려 있었다. 호텔에서 입구까지 교통편은 자전거와 손수레를 합쳐놓은 모양을 한 2인용 릭샤였다. 안개 속에서 수십 대가 대열을 만들더니 순서대로 시야에서 사라졌다. 내 차례가 돌아와 남들처럼 엉덩이를 걸치고 두 무릎을 편 채 사람 보는 것을 관광거리로 삼아 앞뒤를 살폈다. 그렇게 안개가 짙다고 할 수도 없는데 가는 길이 구불구불한 까닭에 전후에 있는 한두 대 정도만 겨우 내 눈 안으로 들어올 뿐이다.

나의 그리움을 알아
새벽안개 되어 내게 온 당신
당신을 그리워하는 이 시간에
새벽안개 되어 내게 오시니
눈물이 날만큼 좋습니다

시인 김정래의 몇 줄 시를 게송 삼아 읊조리기를 마칠 무렵 릭샤는 멈추었다. 일행이 모두 도착할 때까지 둔덕길에서 늪 언저리를 바라보며 기다렸다. 연꽃은 마른 줄기만 듬성듬성 남긴 채 자기 흔적을 스스로 지워버린 상태였다. 붓다께서 2,600여 년 전 이 근처에서 태어나 일곱 걸음을 걸으면서 '이 세상 사람을 편안하도록 만들겠다'는 다짐을 하자 내딛는 발끝마다에서 연꽃이 피어났다고 했다.

세계에서 모여든 순례객의 긴 줄 마지막 뒤를 이었다. 나눠준 덧신으로 갈아 신고서 마야 사원으로 들어갔다. 룸비니는 성모당聖母堂이 중심이다. 붓다 위주의 다른 성지들과는 달리 이곳은 붓다의 어머니 마야 부인이 주인공이다. 가만히 생각해보니 중국 호북성 황매산 오조사五祖寺에는 홍인 선사의 어머니 영정을 모신 성모전이 있으며, 한국 전북 김제 만경벌에도 조선 중기 진묵 대사의 모친을 모신 성모암이 있다. 충청도에 터를 잡은 도반은 야트막한 언덕에 새 절을 짓고는 '성모산 마야사'라는 편액을 달았다. 알게 모르게 그 전통은 오늘까지 면면히 이어지고 있는 셈이다.

해가 뜰 무렵 안개가 사라지면서 오래된 큰 나무 몇 그루와 연못이 제대로 모습을 드러낸다. 경전을 통해 설명하는 룸비니 동산은 절집 안의 이상향이다. 꽃과 나무의 아름다움에 반해버린 마야 부인이 친정집에 몸을 풀러 간다는 현실조차 잠시 잊게 만드는 오월 꽃동산은 그 자체로 샹그릴라였다. 1,400여 년 전에 이 동산을 찾았던 당나라 현장 법사는 '물이 맑아 거울과 같고 주변에는 갖가지 꽃이 다투어 피고 있다'는 기록을 남겼고 마야 부인은 출산 후 설산에서 발원하는 기름처럼 반짝이는 맑은 개울인 유하油河에서 몸을 씻었다는 사실까지 함께 언급하고 있다. 아홉 마리 용이 태자를 목욕시키기 위해 번갈아 입으로 내뿜었다는 그 물은 아직 이 연못의 어딘가에 한 방울이라도 남아 있을까?

이 정원은 마야 부인의 할머니를 위해 할아버지가 만들었다고 전한다. 두 어른의 인생 황금 시절에 조경했다. 하늘 정원의 아름다움을 땅 위에 그대로 재현했다는 평가를 받은 명품이었다. 화원 명칭까지 할머니 이름인 '룸비니'라고 붙일 정도로 금슬을 자랑했다.

잎들이 꽃보다 아름답고 눈이 부시도록 푸른 연둣빛 계절이다. 눈 닿는 곳은 모두가 룸비니 동산만큼 아름답다. 그래서 1년 가운데 오월 한 달만큼이라도 세상 모든 이를 가족처럼 여길 수만 있다면 내가 서 있는 자리가 어디건 바로 룸비니 동산이 될 터이다.

自
걸음따라
나를 되짚다

붓다께서 2,600여 년 전
이 근처에서 태어나
일곱 걸음을 걸으면서

'이 세상 사람을
편안하도록 만들겠다'는
다짐을 하자

내딛는 발끝마다에서 연꽃이 피어났다.

自月
明

너도 나를 떠나지 않았다

나는 너를 떠나지 않았고

신통한 능력으로 세상을 주름잡다

月
나는 너를 떠나지 않았고
너도 나를 떠나지 않았다

아침 먹고 합천 가야산을 출발하여 종로에 있는 조계사에서 열리는 회의에 참석한 후 저녁 식사는 해인사에서 할 수 있는 시대에 살고 있다. 물론 KTX 덕분이다. 건설할 때만 해도 "손바닥만 한 나라에 무슨 고속철?"이라고 구시렁거렸는데, 완공 후 가장 혜택을 많이 받는 이가 되었다. 덕분에 수행을 통해 신통력을 얻으려고 애쓰지 않아도 된다. 신족통神足通이 따로 없기 때문이다. 20여 년 전 운전면허증을 딴 후 처음 차를 몰았을 때 "아! 이것이 현대판 신족통이구나!" 하고 감탄했던 기억이 새롭다. 걸어다니는 것과는 공간 감각이 완전히 달랐다. 비행기를 타니 경전에 자주 나오는 '시공을 초월한다'는 말을 조금은 이해할 것 같았다. 이제 대다수 사람이 현재 비행 속도도 만족하지 못하니 곧 초음속 여객기까지 등장할 태세다. 하늘의 고속철 시대가 곧 열릴 것 같다. 족신足神의 끝판왕이다.

이동수단이라고는 자기가 가진 두 발밖에 없던 시절에는 보폭을 크게 하며 부지런히 뛰는 것 외에는 빨리 갈 수 있는 별다른 수단이 없었다. 《수호지》에 등장하는 대종은 하루 800리를 걸어다녔다. 그 비결은 다리에 '잘 달리는 말'이라는 뜻의 갑마甲馬라는 부적을 붙이는 비방 때문이었다. 연락책이 소임인 까닭이다. 별명이 신행태보神行太步, 즉 신통력으로 걷는 큰 걸음걸이였다. 조선의 토정 이지함 선생은 고향인 보령에서 서울까지 하루 이틀 만에 다녔다. 또 360리 떨어진 충청도 청양 지방에 사는 친구 이생 집은 서울에서 출발하면 해 지기 전에 도착했다고 한다. 그야말로 날아다니듯 걸었다. 하지만 아무리 빨리 걸어도 그것은 체력의 한계가 있기 마련이다. 힘들이지 않고 빨리 가는 법을 찾아내기 위해선 발상의 전환이 필요하다. 드디어 땅을 줄여서 먼 거리를 가깝게 만드는 축지법이 등장했다. 《신이전》에 후한 시대 비장방은 "땅이나 도로를 단축시켜 하루 만에 천 리 밖에 있는 사람을 만난 후 다시 땅을 복원하는 능력을 가지고 있었다"고 전한다.

　수행을 통해 여섯 가지 신통한 능력을 갖추는 건 별스러운 일이 아니다. 그 능력 가운데 신족통도 있다. 원하는 곳에 자유롭게 왕래할 수 있는 것을 말한다. 걸리는 시간은 젊은이가 팔을 한 번 접었다 펴는 사이였다. 우리가 살고 있는 땅 위의 평면 세계는 말할 것도 없고 지옥이나 천상 세계 같은 차원을 달리하는 입체적 공간까지 포함한다. 목건련 존자는 지옥 세계까지 마음대로 드나들었으며, '보살의 경지에 오르면 성문聲聞이나 연각緣覺의 도력으로 갈 수 없는 곳까지 갈 수 있다'고 했다《열반경》. 생각만 하면 3차원, 4차원 세계를 가리지 않고 어디건 마음대로 갈 수 있는 능력인 까닭에 여의통如意通이라고도 불렀다. 그야말로 타임슬립 영화의 원형이다.

신통력을 개인의 편리를 위한 것이 아니라 남을 위해 사용할 수 있다면 더 좋은 일이다. 부처님 당시 필릉가바차 비구는 평소처럼 탁발을 나갔다. 자주 들르는 익숙한 집이다. 그날따라 늘 대문까지 나와서 반겨주던 아이들이 보이지 않았다. 집안에 수심이 가득했다. 연유를 물으니 부모가 울먹이며 "아무리 찾아봐도 아이들이 없는 걸 보니 유괴된 것 같다"고 했다. 즉시 선정禪定(참선으로 삼매의 지경에 이르는 것)에 들어 천리안千里眼으로 확인하니 도적들이 아이들을 데리고 갠지스강을 건너는 중이었다. 이내 신족통을 이용하여 몸을 날려 유괴범의 뱃머리에 우뚝 섰다. 예상치 못한 상황에 범인들은 당황하여 어쩔 줄 몰라 했다. 그때 아이들은 스님을 보고 기뻐하면서 자기도 모르게 한 다리씩 껴안았다. 다시 신족통을 사용하여 아이들을 데리고 그 집으로 되돌아왔다.

신족통은 남의 힘을 빌려서 보일 수도 있고 내 힘으로 발휘할 수도 있지만 어쨌거나 여러 사람을 위해 사용할 수 있다면 더 빛나는 행동이 될 것이다.

수행을 통해
여섯 가지 신통한 능력을 갖추는 건
별스러운 일이 아니다.

그 능력 가운데 신족통도 있다.
원하는 곳에
자유롭게 왕래할 수 있는 것을 말한다.

법을 보는 자 붓다를 보리라

月
나는 너를 떠나지 않았고
너도 나를 떠나지 않았다

천년 전 두드러진 활약을 한 인물을 모셔놓은 사당을 참배
할 때마다 얼마나 실물에 근접한 얼굴일까 하고 반문하게 된
다. 왜냐하면 본모습을 확인할 수 없는 상태에서 그린 상상
화가 대부분인 까닭이다. 혹여 외형을 묘사하는 기록이 한두
줄이라도 남아 있다면 실마리라도 삼겠지만 대부분 '맨땅에
헤딩하듯' 그렸을 것이다.

《금강경》의 여섯 가지 번역본 가운데 압도적으로 인기 1위
자리를 천년 이상 지켜온 베스트셀러 번역가인 구마라집 법
사의 모습도 마찬가지다. 과연 언어학의 천재는 어떤 관상의
소유자였을까? 중국 서안 초당사草堂寺에서 당신의 영정을 만
났다. "외국어가 제일 쉬웠어요!"라고 말하는 샤프하게 생긴
모범생(?)과는 다소 거리가 있었다. 서역인 특유의 짙은 수염
에 까칠한 인상인지라 미심쩍음을 거둘 수 없었지만 그래도
'그러려니' 했다. 눈인사 후 고개를 숙였다.

정작 찐한 감동을 준 것은 혀를 모셨다는 사리탑이었다. 대면하는 순간 환희심과 함께 온몸에 전율이 일어난다. 천천히 주위를 몇 번 돌았다. 돌이라기보다는 옥에 가깝다. 신장新疆 지방에서 출토되는 여덟 가지 빛깔이 나는 돌이라고 했다. 그래서 팔보옥석탑八寶玉石塔으로 불린다. 표면에 새겨진 주인공 이름 네 글자가 진품임을 증명해준다. 게다가 우리에게 익숙한 한국형 부도 디자인이다(물론 신라, 고려 부도들이 모방한 것이겠지만). 1,700여 년 동안 거의 원형 그대로 이 자리를 굳건히 지켜온 기적 앞에 두 손을 모으고 또 모았다.

초당사의 원 이름은 장안대사長安大寺였다. 당신이 장안에 처음 들어와 이 절 구석진 자리에 짚으로 얼기설기 엮어 만든 소박한 초당에 거주하면서 비롯된 이름이다. 경내의 서명각西明閣 소요원逍遙園으로 활동 영역을 넓힌 것은 '범어·한어 동시통역학과'에 입학하겠다는 제자들이 구름같이 몰려든 이후 일이다. 굴러온 돌이 박힌 돌을 뽑아내듯 시간이 흐르면서 서서히 이 절의 주인 노릇을 한 것이다. 변방의 이민족 출신이라는 핸디캡에도 불구하고 중국인들과 물과 우유처럼 섞여 화합했다. 그는 겸손하고 섬세했으며 늘 초심을 잃지 않았다. 덕분에 이 사찰은 '큰 절大寺'이라는 화려한 본래 명칭은 사라지고 그의 상징 코드인 '초가집 절草堂寺'로 이름이 바뀌었다. (물론 현재 대부분의 건물은 벽돌 기와집이다.) 여기서 402년 불후의 명작인《금강경》번역을 마쳤다.

당신의 어머니는 한 번 듣거나 보기만 하면 모든 것을 기억하는 영민한 여인이었다. 구마라집을 임신했을 때는 보통 여자들의 입덧이 아니라 '기억력이 더 좋아지는' 정신적 입덧을 했다고 한다. 신랑 복은 별로 없었다. 보상심리까지 겹쳐 아들 교육에 전력투구했다. 모자는 인도와 중국의 교차 지역인 쿠차Kucha, 龜玆에 거주한 덕분에 2개 국어가 처음부터 낯설지 않았다. 당시 문명의 통로인 실크로드를 따라 신문물인 불교 문화가 왕성하게 이동하던 시기였다. 모친의 감독 아래 불경까지 암기했다. 어린 그의 외국어 실력과 학업 속도에 아이큐가 만만찮은 그의 어머니조차 놀랄 정도였다. 두 사람은 함께 출가의 길을 걷는 수행의 반려자이기도 했다.

시간이 흐르면서 그의 천재성은 중국에까지 알려진다. 전진왕 부견은 구마라집의 '두뇌 획득'을 명분으로 선전포고를 했다. 전쟁치고는 비교적 수준 있는 전쟁인 셈이다. 위험 부담이 덜한 스카웃이나 납치라는 방법도 있을 터인데, 굳이 전쟁을 선택한 것은 다른 꿍꿍이도 있었을 것이다. 현장 지휘관인 여광은 정복의 전리품이 금은보화가 아닌 '별 볼일 없는 승려'라는 사실을 알고 적이 실망했다. 귀국 도중 본국이 망했다는 소식을 듣고는 할 수 없이 고장姑藏 지방에 터를 잡고 후량後涼을 건국했지만 정치 · 경제 · 군사적으로 늘 불안정했다. 이런 '생고생'이 포로인 구마라집 때문이라고 여긴 그는 화풀이하듯 스님을 엄청 구박했다.

예나 지금이나 인재를 소중히 여기지 않는 나라와 집단은 미래가 있을 수 없다. 얼마 후 후진왕 요흥은 후량을 평정하였고, 정중하게 구마라집을 장안으로 모셨다. 살아 있는 사람(구마라집)을 얻고자 두 번씩 전쟁까지 치른 경우는 흔치 않은 일이다. 어쨌거나 자기를 알아주는 나라에 귀화한 후 보은의 뜻으로 '요진姚秦 삼장 법사'라는 이름을 사용했다. 국가는 오래전에 사라졌지만 국명을《금강경》첫 페이지에 남겨 현재도 수억 명의 '독송 팬'들이 그 나라를 기억하도록 만들었다.

月
나는 너를 떠나지 않았고
너도 나를 떠나지 않았다

구마라집 법사는 "내 번역에 오류가 없다면 내 시신을 화장한 뒤에도 혀가 타지 않을 것이다"라는 절대 자신감을 반영한 유언을 남겼다. 말씀대로 다비식 이후 오직 혀만이 그대로 남았다고 한다. 혀사리舌舍利인 셈이다. 많은 사리탑이 현존하지만 혀사리 탑은 초당사가 유일할 것이다. 생존 시에는 두 번의 전쟁을 일으키게 한 원인 제공자였지만 죽은 후에는 다행히도 사리 때문에 세 번째 전쟁은 일어나지 않았다.

혀사리 탑은 본래 자리를 굳건히 지키고 있지만 법사리法舍利인 《금강경》은 동아시아 전역으로 분신을 거듭했다. 해인사 팔만대장경 속에는 사리탑을 조각하듯 《금강경》을 목판에 새겨 법사리로 모셨다. '법을 보는 자 나(붓다)를 보리라'고 하셨으니, 《금강경》을 보는 자 역시 구마라집을 보리라.

모든 인간사는 때가 중요하다

月
나는 너를 떠나지 않았고
너도 나를 떠나지 않았다

세간에 '지공地空 거사'라는 우스갯소리가 있다. 지하철을 공짜로 탈 수 있는 나이가 된 어르신을 일컫는 말이다. 절집에는 지공志公: 寶誌, 寶志, 保志 화상이 있다. 표기된 이름도 세 종류이며 출신지도 금성金城과 금릉金陵 두 곳이나 되는 등 미스터리한 인물이다. 가장 유명한 지공 화상은 양무제 당시의 지공 화상이다. 금릉보지 화상은 《대승찬》을 지어 황제에게 바쳤다고 하는데 그 황제가 양무제인지도 애매하고 금릉보지공이 그 지공과 동일 인물인지도 알쏭달쏭하다. 구전을 문자로 옮기다 보니 이런 일은 비일비재하다. 영희와 철수가 어디 1~2명인가? 특히 절집의 법명은 선호도가 높은 글자의 조합이므로 겹치기 일쑤다. 어쨌거나 지공 화상은 《양고승전》에 구체적 행장이 정리되어 있다.

지공 화상이 얼마나 유명했던지 고구려 어떤 왕이 그 명성을 듣고 사신을 보내 은으로 만든 모자를 바쳤다고 하는 민거나 말거나 한 전설이 전해온다. 고구려뿐만 아니라 신라에도 이름이 이미 알려져 있었던 모양이다. 해인사 창건 설화에도 지공 화상은 등장한다.

중국 양무제 때 지공 화상은 임종 시에 《동국답산기》라는 책을 제자들에게 건네주면서 이런 유언을 남겼다.

"내가 죽고 얼마 후에 신라에서 2명의 승려가 찾아와 법을 구할 터이니 이 책을 전하라."

얼마 후 신라에서 순응과 이정이 도착하자 반기면서 연유를 말하고 그 책을 건넸다. 두 스님은 감격하여 지공 화상의 탑묘를 찾아가 "사람에게는 고금이 있을지언정 진리는 멀고 가까움이 없다人有古今 法無遠通"는 가르침을 생각하며 일주일 밤낮으로 기도하며 법문을 청했다. 그러자 탑에서 지공 화상이 모습을 나타내어 두 스님의 구도심을 찬탄하고 가사와 발우를 전하며 말했다.

"너희 나라의 우두산(현재 가야산) 서쪽에 불법이 크게 일어날 곳이 있으니 그곳에 대가람을 창건하거라."

지공 화상은 그 말을 마친 후 다시 탑묘 속으로 들어갔다. 이후 애장왕 3년(802년) 임오년 10월 16일 가야산 해인사가 창건되었다. 사천왕문 바로 옆 국사단에는 '지공증점지誌公曾點地(일찍이 지공 화상께서 점지해준 자리)' 편액을 달고서 해인사 창건설화를 역사적으로 사실화하고 있다.

지공은 신통력이 뛰어난 스님이었다. 그래서 무제는 이상한 행동으로 사람들을 미혹케 한다고 여겨 스님을 잡아 옥에 가두었다. 하지만 사람들은 여전히 거리를 자유롭게 다니는 지공 화상을 만날 수 있었다. "옥졸이 잘못 지켜 그런가?" 하고 가보면 스님은 옥 안에 그대로 있었다. 그 사실을 보고받은 무제는 크게 놀랐다. 참회의 뜻으로 지공 화상을 정중하게 궁중에 모시고서 잔치를 베풀었다.

"스님! 몰랐습니다. 옥에 모실 것이 아니라 대궐로 모시겠습니다. 궁중에 머물면서 설법을 해주십시오"라고 청했다. 이후 지공 화상은 궁궐에 머물게 되었다. 그런데 또 이상한 보고가 올라왔다. 스님이 살던 절에서 예전과 똑같이 제자들을 모아놓고 설법을 하고 있다는 것이다. 그럴 리가 없다고 하면서도 다시 알아보니 사실이었다. 이에 양무제는 크게 느낀 바 있어 임금 자리에 있는 40년 동안 불교에 더없이 호의

적이었다. 그리고 무제가 《금강경》 강의를 듣고 싶어 할 때 부대사傅大士를 추천했다.

지공 스님이 돌아가실 무렵 무제가 물었다.
"우리나라가 얼마나 오래 가겠습니까?"
"내 탑이 무너질 그때까지."
지공 스님이 열반하신 이후 무제가 몸소 종림산에 가서 탑 묘를 세우고 그 안에 스님을 모셨다. 그리고 제사를 지내는 데 지공 화상이 구름 위에서 내려다보고 있었다. 장례를 지 내러온 수천수만의 대중이 그것을 보고 만세를 부르며 환희 했다. 그 일을 기념하여 개선사開善寺를 짓고 천하에 으뜸가는 목탑을 세우고자 발원하였다. 나무로 지은 탑이 완성될 무렵 갑자기 지공 스님의 유언이 생각났다.
"아차! 잘못했구나. 스님께서 열반하실 때 당신의 탑이 무 너질 때 양나라가 망한다고 했었지. 과연 목탑이 얼마나 오 래 갈 것인가?"
그리하여 다시 견고한 석탑을 짓기로 결심했다. 그런데 목탑을 헐기 시작할 무렵 후경侯景이 쳐들어왔다. 급기야 양 나라는 막을 내린다.

月
나는 너를 떠나지 않았고
너도 나를 떠나지 않았다

선종의 최고 저작으로 일컬어지는 《벽암록》의 제1칙 '달마 불식達摩不識' 공안에 지공 화상이 등장한다. 황제와 서로 코드가 맞지 않음을 확인한 달마 대사가 양자강을 건너 위魏 땅으로 가버린 이후였다. 이에 무제는 그 일을 후회하면서 대사를 다시 모시고자 마음을 고쳐먹으니 지공은 말렸다.

"폐하께서 사신을 보내지 마십시오. 온 나라 사람이 부른다고 해도 그는 돌아오지 않을 것입니다."

지공 스님은 버스 지나간 뒤에 손을 흔들어봐야 소용없음을 일깨워준다. 뭐든 타임이 아니라 타이밍이 중요한 법이다.

두 얼굴의 남자를 만나다

月
나는 너를 떠나지 않았고
너도 나를 떠나지 않았다

이른 아침 종로구 숭인동에 위치한 동묘東廟는 고요하다. 땅바닥에는 붉은 배롱나무 꽃잎 몇 개가 점점이 떨어져 있다. 아침 빗자루질을 용케도 피해갔다. 아니 비질하다 말고 일부러 남겨둔 것인지도 모를 일이다. 재각이나 무덤 주변에서 만난 배롱나무 꽃에는 알 수 없는 처연함이 있다. 하지만 가로수나 정원에서 만나는 배롱나무 꽃은 화려한 자태를 맘껏 뽐낸다. 같은 나무인데도 이처럼 서 있는 위치에 따라 상반된 느낌으로 와닿는다. 배롱나무의 두 얼굴이다. 고층 아파트와 신작로에 둘러싸인 도심의 벽돌 기와집 사당에서 만난 꽃은 처연함도 없었지만 그렇다고 해서 화려하지도 않았다.

중년의 중국인 부부가 참배를 왔다. 바깥양반은 본전 정면에서 정성스럽게 오래도록 합장을 했고 안주인은 멀찌감치 뒤쪽에서 두 손을 모은 채 공손하게 서 있다. 한동안 지켜보며 혼자 상상의 나래를 편다. 무신武神을 찾은 것일까? 재

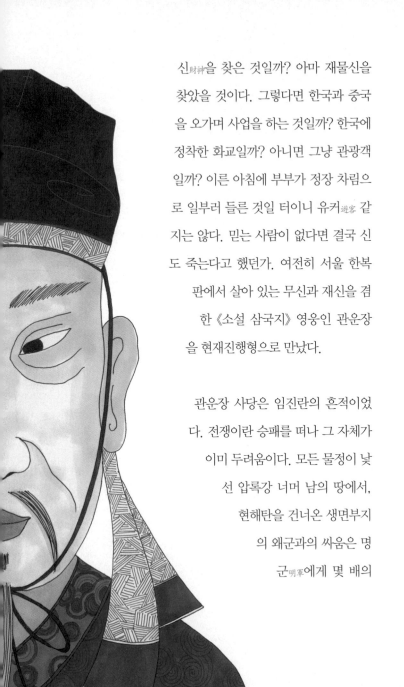

신財神을 찾은 것일까? 아마 재물신을 찾았을 것이다. 그렇다면 한국과 중국을 오가며 사업을 하는 것일까? 한국에 정착한 화교일까? 아니면 그냥 관광객일까? 이른 아침에 부부가 정장 차림으로 일부러 들른 것일 터이니 유커遊客 같지는 않다. 믿는 사람이 없다면 결국 신도 죽는다고 했던가. 여전히 서울 한복판에서 살아 있는 무신과 재신을 겸한 《소설 삼국지》 영웅인 관운장을 현재진행형으로 만났다.

관운장 사당은 임진란의 흔적이었다. 전쟁이란 승패를 떠나 그 자체가 이미 두려움이다. 모든 물정이 낯선 압록강 너머 남의 땅에서, 현해탄을 건너온 생면부지의 왜군과의 싸움은 명군明軍에게 몇 배의 불안감을 주었을 것이다. 이것이 중국 무신을 조선 땅에 분사分祠한 이유다. 영험이 있었던지 전쟁은 엉거주춤한 상태에서 끝났다. 얼기설기 임시로 만들었던 사당은 정식으로 규모를 갖추었다. 말에서 내려 예의를 갖추고 들어오라는 '하마비下馬碑'와 잡스러운 행동을 하지 말라는 '금잡인禁雜人' 표지판이 당시의 엄숙함을 전하고 있다.

건립 이후 인근 종로를 무대로 대궐에 납품하던 상인들과 지방에서 오가는 보부상들은 동묘에 들러 기도했을 것이다. 삼천리에 걸친 험한 산길을 오가며 발생할지 모르는 모든 위험에서 안전은 물론 재물까지 지켜주길 부탁했다. 가게를 열기에는 힘이 부친 장사꾼들은 청계천 언저리에 좌판을 열었다.

내 가게를 꿈꾸며 손님이 뜸한 시간을 골라 소원을 빌며 들락날락하던 모습을 그려본다. 현재 동묘 주변의 벼룩시장에는 헌책 가게, 만물상회, 구제품 옷가게 등에서 쌓아놓은 물건들이 골목골목마다 빼곡하다. 샛길에는 가난한 지방 상인들의 상경 생활을 돕기 위한 여관과 여인숙도 보인다. 손님을 부르는 소리와 크게 틀어놓은 스피커 음성, 담장 둘레길의 차 소리가 어우러져 사람 사는 냄새로 가득하다.

관운장의 무덤이 있는 중국 낙양洛陽의 관림關林 주변도 매달 3일 큰 시장이 열렸다고 한다. 그를 기억하는 산서山西성 고향 상인인 진상들이 기일 삼아 매달 장터를 열었던 것이다. 진晉 땅 출신이지만 지연에 관계없이 모든 이의 사랑을 한 몸에 받고 있는 향토를 빛낸 인물인 관운장은 그들의 우상이었다. 고향에는 해지解池라는 큰 소금 연못이 있었다. 샐러리맨의 '샐러리' 어원이 소금이다. 월급을 소금으로 받았기 때문이다. 그 시절 소금은 금에 버금가는 대접을 받을 만큼 귀한 물건이었다. 소금전매상인으로서 상술을 유감없이 발휘했다. 가는 곳마다 관운장의 사당을 세우고 안녕과 부귀를 동시에 기원했다.

사람들의 이기심은 무신과 재신을 필요에 따라 다른 역할로서 불러냈다. 어떤 때는 무신으로, 어떤 때는 재신도 되어야 했다. 그야말로 두 얼굴의 남자다. 이런 자비심이야말로 지역과 직업을 가리지 않고 모두를 아우르는 힘의 바탕이 된다. 지금도 군사적 긴장과 수출 의존도가 높은 우리 경제를 위해 무신과 재신이라는 두 역할을 절대로 포기할 수 없다며 이역만리 객지에서 묵묵히 그 자리를 지키고 있다.

삶은 관계의 조화로움으로 이루어지니

月
나는 너를 떠나지 않았고
너도 나를 떠나지 않았다

광화문 인근 법련사에서 하룻밤을 묵었다. 덕분에 아침 일찍 산책 삼아 삼청동 길을 걸을 수 있었다. 바로 이어질 듯한 옆집인 두가헌 마당에서 서성거렸다. 저녁 레스토랑의 화려한 조명이 사라진, 화장을 지운 맨얼굴의 집을 주변 눈치를 보지 않고서 샅샅이 살피는 기회를 가졌다. 큰 은행나무를 가운데 두고 전통 한옥과 1910년대 붉은 벽돌과 흰 화강암을 사용하여 지은 러시아식 근대 건물(현재 갤러리로 사용)인 이질적인 두 집이 잘 어우러진 '두two가家'였고, 아름다운 집이라는 본래의 의미인 가헌佳軒이라는 명칭에도 전혀 모자람이 없었다.

이 집의 본래 주인이었다는 엄비(영친왕 생모)는 양정, 진명, 숙명학교를 세운 교육 선각자였다. 그녀는 전혀 다른 건축 재료인 붉은 벽돌집을 만들면서 기존 한옥의 존재감과 서로 충돌하지 않도록 높이와 크기를 조정한 건축주로서의 탁월한 안목까지 겸비하고 있었다. 경복궁을 무대로 벌어지는 구한말 열강 세력들의 잦은 물리적 충돌에도 왕족의 신변조차 보호할 수 없는 허약한 군사력을 지켜보며 자기 안전을 위해 스스로 벽돌집의 필요성을 절감했을 것이라는 생각이 들자 빈속의 허한 가슴이 더 싸해졌다.

화강암 붉은 벽돌집과 한옥의 대비라는 창조적 아름다움은 많은 건축가에게 영감을 주었다. 퓨전 건축이 주는 조화로움은 뭐든지 종합하기를 좋아하는 한민족의 성정과도 맞아떨어졌다. 대구 삼덕동의 '한입별당'도 그랬다. 2007년 경주에 한옥 호텔 '라궁'을 건축한 조정구 건축가가 이 집을 지을 때 가장 염두에 두고 참고한 것은 두가헌이었다고 한다. 병원은 한옥이고 부속 건물은 일본식인 퓨전 건물이다. 구입 당시 낡은 한옥과 적산가옥은 보존 상태가 너무 나빠 리노베이션이 불가하다는 판정을 받고서 할 수 없이 기존 이미지만 그대로 차용하여 다시 지었다고 한다. 대기하는 환자들은 정갈하게 꾸며놓은 마당을 바라보며 당시의 인기 만화책인 《미생》을 읽으면서 지루함을 덜도록 배려했다. 마당을 거닐고 싶은 이들을 위해 까만 고무신과 흰 고무신 몇 켤레가 댓돌에 놓여 있는 것이 참으로 인상적이다.

벽으로 처리한 난간을 따라 이층 계단 끝나는 부분의 하얀 벽 위로 푸른 정사각형 바탕에 한글로 된 '한입별당'이란 네 글자가 두 자씩 또박또박 박혀 있다. 문을 열자 만만찮은 면적의 2층을 통째로 이용한 큰 주방이 있다. 사각형 서까래가 그대로 드러난 실내 인테리어와 창문 너머 보이는 동 기와로 만든 눈썹 처마가 묘한 조화를 이룬다. 환자를 진료하다 보니 잘못된 식생활 습관이 질병의 주원인임을 절감하고 주변에 이 사실을 알릴 겸 건강한 먹거리 홍보를 위한 공간으로 사용한다고 했다. '별당 미씨'인 안주인은 말할 것도 없고 외과의사인 바깥양반도 '요리하는 남자'를 겸했다. 음식이 곧 약이라는 식약동원食藥同源을 부부는 몸소 실천하고 있었다.

집 이름에 '한입'이라는 다소 직설적인 단어를 사용한 것에 대해 누구라도 궁금증이 생기게 마련이다. 현판을 보기 전에는 '한잎'이려니 했다. 그런데 의외로 '한입'이었다. 신랑은 안주인이 잠시 나간 틈을 이용하여 '한입은 집사람 별명'이라고 장난기 어린 표정으로 설명한다. 아이들과 함께 외식을 나가면 부인은 음식 값을 아낄 심산인지 아니면 다이어트를 하려는지 자기 것은 빼고 주문을 하곤 했다. 그런데 음식이 나오면 꼭 "한입만!"이라고 하면서 애들 것까지 돌아가면서 한입씩 먹는 바람에 주문한 다른 가족의 한 그릇보다도 더 많이 먹는 것을 보고는 붙여준 별명이라고 했다. 안주인은 이 당호 사용을 강력히 반대했지만 가족회의 결과 다수결에 밀려 그 영광스런(?) 별명을 두고두고 떠안고 있어야만 했다.

　한려 퓨전 건물인 두가헌과 마찬가지로 한일 퓨전 건물인 한입별당은 서로가 서로를 빛내주는 조화로움이 돋보이는 공간미를 자랑한다. 건물 상호 간의 인연을 상징적으로 보여주는 건축물이기도 하다. 바깥양반과 안주인이 조화롭게 역할 분담을 하면서도 또 같이 식약食藥을 협업하는 한입별당 역시 부부가 함께 인연을 연출하는 공간이었다. 부창부수라고 했다. 지아비가 노래하면 지어미는 추임새를 잘 넣어야 한다. 그것이 서로의 관계를 전제로 한 우리의 삶인 까닭이다. 백아가 켜는 거문고 소리를 친구인 종자기는 너무 잘 알아들었다. 지음知音이란 유명한 말의 근거가 되었다. 벗이 죽

月
나는 너를 떠나지 않았고
너도 나를 떠나지 않았다

자 그는 소리를 이해하는 사람을 잃었다는 슬픔에 거문고 줄을 끊어버렸다. 백아절현伯牙絶絃은 관계에서 벗어난 존재의 무의미성을 드러낸 대표적인 고사성어가 되었다.

너도 나를 떠나지 않았다

나는 너를 떠나지 않았고

月
나는 너를 떠나지 않았고
너도 나를 떠나지 않았다

한 번 방석 위에 앉으면 꿈쩍도 않는다고 하여 '절구통 수좌'라는 별호를 가진 법전 은사 스님의 일곱 번의 재齋 가운데 벌써 네 번째 재일도 속절없이 지나갔다. 열반지인 대구 팔공산 도림사의 무심당無心堂은 글자 그대로 떠나신 어른의 성정만큼 그저 평소와 다름없이 무심하기만 하다. 하지만 재가 끝나도 법당에 남은 이들의 마음은 여전히 유심하다. 남겨놓은 사리와 전시된 몇 장의 사진만으로 그 유심함을 달래본다. 조주 선사 말씀대로 "살아 있는 수백 명이 죽은 한 사람을 보내는 것이 아니라 죽은 수백 명이 살아 있는 한 사람을 보내고 있다"는 의미를 조금은 헤아릴 것 같다. 내리는 눈발이 속눈썹에 걸리더니 이내 녹으면서 눈물이 된다.

결국 구순 생신은 소진한 모습으로 누우신 채 맞이해야 했다. 1981년 처음 뵈었을 때, 걸을 때는 두 발에서 땅을 구르는 소리가 났고, 양팔에서는 바람을 가르는 소리가 함께 났다. 1986년 이후 몇 년 동안 어른 곁에서 시봉하며 살았다. 시자 방으로 건너올 때는 언제나 마루를 쿵쿵거리며 쏜살같이 등장하시곤 했다. 질세라 문설주에 당신의 손이 닿기 전에 얼른 먼저 문을 열어드렸다. 산책할 때는 어찌나 빨리 걸으시는지 뒤따라가기에도 바빴다. 새벽 3시 법당 문을 열기도 전에 그 앞에서 기다렸다가 108배를 단숨에 가뿐하게 마치는 것으로 하루를 여셨다. 늘 그렇게 재빨랐던 모습으로 남아 있는 스님께서 2014년 겨울에는 하루하루 재처럼 식어간다. 안타깝게 지켜보는 것 외에는 별다른 도리가 없다. 열반 후 '조계종 종단장'이라는 큰일이 눈앞의 현실로 나타났다. 산더미 같은 일거리 앞에 슬퍼할 틈조차 없다. 하지만 입관할 때는 '이제 뵐 수 없는 마지막 모습'이라고 생각하니 저절로 굵은 눈물방울이 뚝뚝 떨어졌다.

세워놓은 장작더미 위로 타오르는 불꽃은 당신의 마지막 자비심처럼 겨울밤의 냉기와 어둠을 걷어내었다. 다비장을 지키는 대중은 둥근 원을 그리면서 밤샘 정진을 했다. 몇 바퀴를 돌다 말고 고개를 드는 순간 영정사진과 눈이 마주쳤다. 변함없는 모습의 사진이 불타는 숯 더미를 가만히 내려다보고 있었다. 저 사진이 스승의 모습일까? 아니면 숯 더미 속의 법구가 스승의 모습일까? 어차피 의문만 있지 답은 없다. 그냥 걷는 게 해답이다. 여명이 밝아올 무렵에는 오로지 한 줌의 재만 남았을 뿐이다.

"나는 너를 떠나지 않았고 너도 나를 떠나지 않았다我不離汝 汝不離我."

남아 있는 이들을 달래기 위해 옛 선인들은 이런 게송을 미리 남겨둔 것이리라. 이제 늘 좌우명처럼 들려주시던 말씀을 법신法身 삼아 더 열심히 살아야겠다고 다짐했다.

안으로는 망념을 이겨내는 공부를 부지런히 하고
밖으로는 남과 다투지 않는 덕을 펼쳐라.
內勤剋念之功
外弘不諍之德

부처님의 마지막 제자인 수발다라는 당시 120세였다. 스승이 돌아가실 무렵에 만나 가르침을 받고는 깨침을 얻었다.

그리고 그 자리에서 스승인 부처님보다 먼저 열반에 들었다고 한다. 《보림전》에는 그 이유를 이렇게 밝혀놓았다.

저는 스승의 열반 모습을 절대로 보고 싶지 않습니다.
我不欲見師滅度

붓다의 열반으로 인한 슬픔을 감당할 자신이 없는 까닭에 차라리 자기가 먼저 열반에 들었다는 것이다. 이 정도는 되어야 슬퍼할 자격이 있을 것 같긴 하다. 만약 나이가 120세가 아니었다면 더욱 극적인 기록으로 남아 있을 텐데.

月
나는 너를 떠나지 않았고
너도 나를 떠나지 않았다

"살아 있는 수백 명이
죽은 한 사람을 보내는 것이 아니라
죽은 수백 명이
살아 있는 한 사람을 보내고 있다"는 의미를
조금은 헤아릴 것 같다.

내리는 눈발이 속눈썹에 걸리더니
이내 녹으면서 눈물이 된다.

달마 대사가 파밭을 거닌 이유

月
나는 너를 떠나지 않았고
너도 나를 떠나지 않았다

한국의 오래된 동화에는 최초로 파를 먹은 사람에 대한 이야기가 전한다. 아이들에게 파는 지혜를 열어주는 음식이라는 스토리를 들려주고자 하는 것이 그 목적일 것이다. 그 줄거리는 대충 이러하다.

옛날 옛날에 사람이 사람을 잡아먹던 시절이었다. 이유는 이웃끼리는 물론 부모 형제까지도 서로 소로 보였기 때문이다. 하지만 늘 소로 보이는 것이 아니라 가끔 뭔가 씐 것처럼 생기는 병이었다. 이런 '순간 식인종 변신' 사태를 여러 번 목격한 후 주인공은 혐오감을 참을 수 없어 그 땅을 떠났다. 언제나 사람을 사람으로 존중해주는 지역을 찾기 위함이었다. 마침내 소와 사람을 분명하게 구별하며 행복하게 사는 지역을 만나게 되었다. 알고 보니 그 지역도 본래는 소와 사람을 구별하지 못하는 병으로 인해 곤혹을 치렀으나 어떤 풀을 먹고 난 후 그 병이 없어졌다고 했다. 주인공은 그 풀의 씨앗을 얻은 후 심고 가꾸고 먹는 법까지 배워 고향으로 돌아왔다. 가장 좋은 땅에 그 씨를 뿌리고 이 사실을 전하기 위해 기쁜 마음으로 친구들을 찾아갔다. 하지만 그 순간 친구들의 눈에는 그가 소로 보였고 급기야 잡아먹히게 되었다. 얼마 후 밭에서는 이제껏 본 적이 없는 이상한 풀이 돋았고, 독특한 향기 때문에 마을 사람 모두가 즐겨 먹게 되었다. 그 이후로 소와 사람을 구분하지 못하는 병도 없어졌다. 그리하여 모두가 행복하게 살았다.

그 풀은 파였다. 소와 사람을 구별하지 못하는 무명無明을 깨우쳐준 지혜의 풀이다. 이처럼 파는 세간에서는 최상의 요리 재료이지만 절집은 오신채五辛菜*이기 때문에 피해야 할 식재료다. 《능엄경》에서는 '오신채는 익혀 먹으면 음란한 마음을 일으키고 날것으로 먹으면 분노의 마음이 커진다'고 하여 먹지 못하게 했다. 세간과 출세 간의 라이프스타일의 차이가

* 마늘, 파, 부추, 달래, 흥거(인도에만 나는 것) 등은 불가에서 수행에 방해되고 또 자극적인 냄새로 인하여 주변인에게 불쾌감을 주므로 먹는 것을 금기시하는 다섯 가지 종류의 채소이다.

파에 대한 극단적 양면성으로 나타난 것이다. 따라서 사찰 음식이란 '고기와 오신채를 사용하지 않는 것'으로 정의할 수 있겠다.

《선어록》에는 '총령蔥嶺'이라는 유명한 지명이 등장한다. 번역한다면 '파 고개'쯤 되겠다. 《한서》〈서역전〉에 최초로 총령이라는 지명이 등장하며, 청대까지 이어진 유서 깊은 지명이기도 하다. 총령이라는 이름은 산 위에 파가 많다고 한 것에서 기원한다. 현장 스님의 구법여행기인 《대당서역기》에는 '땅에서 파가 많이 나므로 총령이라고 부른다'고 했다. 지금도 총령 지역에는 야생파가 바위틈에서 자라고 있다고 한다. 식물학자들은 파 원산지를 중국 서부로 추정한다.

총령을 포함한 이 지역 일대를 파미르고원이라고 부른다. 파미르는 옛 페르시아 말로 '평옥平屋의 지붕'이라는 뜻이다. 요즘 말로 '슬래브 집 옥상' 정도 의미로 이해하면 되겠다. 범어 파미르는 '황야'의 의미다. 그 어원대로 평평하긴 했지만 척박한 자연환경으로 오가는 길은 쉽지 않았다. 《왕오천축국전》을 남긴 혜초 스님은 그 통행의 어려움을 '눈물 뿌리며 살아남을 수 있을지'를 걱정하는 시로 남길 정도였다.

> 평생 눈물을 훔쳐본 적이 없건만
> 오늘만은 하염없이 눈물 뿌리는구나
> 과연 저 파밀 고원을 넘을 수 있을런지
> 平生不捫淚
> 今日灑千行
> 焉能度播密

　혜초 스님의 고행 길과는 달리 달마 대사에게 '파 고개'인 총령은 짚신 한 짝을 손에 들고 맨발로 유유자적하는 낭만적인 길이었다. 때마침 가득 피어 있는 파 꽃까지 감상할 수 있었다면 금상첨화였을 것이다. 당신에게 파 고개는 신세계를 열어주는 통로인 까닭이다. 이런 여유로운 모습을 목격한 이가 위魏나라 사신 송운이다. 그는 돈황 출신이며, 양현지의 《낙양가람기》 속에 〈송운행기〉를 남겼다. 두 사람이 주고받은 대화는 지극히 평범하다.
　"어디로 가시는 길입니까?"
　"서천으로 돌아갑니다."

하지만 그 내용은 평범 속에 비범함이 녹아 있다. 서천은 외형적으로 달마 대사의 고향을 가리키지만 내용적으로는 자기의 본래 모습을 의미한다. 그때 대사는 짚신 한 짝을 손에 들고 있었다. 의외의 모습은 뒷날 달마척리達磨隻履, 즉 달마의 짚신 한 짝이라는 화두로 정형화되어 삶과 죽음의 문제를 푸는 열쇠로 승화되었다.

등신불

月
나는 너를 떠나지 않았고
너도 나를 떠나지 않았다

김동리의 소설
《등신불》

소싯적에 국어 과목을 좋아했다. 언젠가 교과서 속에서 김동리의 단편소설《등신불》을 만났다. 소신공양의 절차까지 묘사한 경이로운 내용으로 가득하다. 익힌 음식을 끊고, 하루에 깨 한 접시를 먹으면서 몸을 만들어간다. 그 후 가늘고 깨끗한 명주를 발끝에서 어깨까지 전신에 감은 다음 들기름을 그 위에 붓기를 시간을 두고서 몇 번 반복한 다음, 적당한 시점에 불을 붙인다. 그때 마침 비가 퍼붓는다. 하지만 다비하는 자리를 피해서 내렸고 머리 뒤로는 후광이 나타난다. 그 자리를 함께하던 사람들의 질병이 치료되는 기적이 일어난다. 3년 동안 많은 시주금이 쏟아진다. 타다가 굳은 몸에 금을 씌웠고 금불각을 만들어 모셨다는 것이 대강의 줄거리다. 미완성 소신공양이 급기야 등신불^{等身佛}로 바뀐 것이었다.

학인 시절에 대만을 방문했다. 자항사慈航寺에서 말로만 듣던 등신불을 진짜로 만났다. 스님의 생전 모습을 사진으로 나란히 걸어놓았다. 사진 얼굴과 등신불 얼굴을 비교해가며 뚫어질듯 몇 번이고 쳐다보았다. 자항 법사는 열반 3년 전부터 곡기를 끊고 야채와 소나무 껍질로 식사를 하셨다고 한다. "입적 후 시신을 화장하지 말고 항아리에 그대로 안치해 두었다가 3년 후에 열어보라"는 유언을 남겼다. 3년 후에 개봉하니 가부좌 상태로 머리카락만 자란 채 생전 모습 그대로였다. 그 육신에 금칠을 하여 등신불로 만들어 자항기념당에 모셨다. 스님을 보관했던 항아리도 전시되어 있다. 얼마나 많은 참배객이 다녀갔는지 2013년에 다시 갔을 때 도량의 규모는 20여 년 전과는 비교할 수 없을 정도로 큰 사세를 자랑하고 있었다.

지장성지 구화산의
육신보전

　중국의 불교 성지 중에서 한국인에게 가장 인기 있는 곳은 안휘성 구화산의 지장성지이다. 주인공인 김교각 스님이 신라 출신인 까닭이다. 스님은 열반하면서 당신의 육신을 돌로 만든 상자에 넣고 3년 후에도 썩지 않으면 등신불로 만들라는 유언을 남겼다. 제자들은 그 말씀을 따랐다. 육신보전肉身寶殿[현판의 육肉자는 월月(육달 월)로 바꾸어 표기했다]을 지었고, 그 안에 7층 탑을 만든 후 다시 그 탑 속에 3층 목탑을 모셨다. 그 안에 스님의 등신불이 가부좌 자세로 앉아 있다고 한다. 참배객에게 등신불을 간접 방식으로 친견토록 해놓은 셈이다. 자항 스님과 교각 스님은 친히 당신의 몸法軀을 등신불로 만들어줄 것을 유언으로 남겼다는 공통점이 있다.

소박한 옻칠 등신불
육조혜능 선사

육조혜능 선사의 등신불은 '선사답게' 금칠이 아니라 옻칠을 했다. 그리고 언제나 누구든 직접 볼 수 있도록 친절하게 배려했다. 표정도 살아 있고 얼굴 모습도 별다른 과장 없이 있는 그대로 소박하다. 문화혁명 당시 홍위병들이 "이게 무슨 진신상真身像이냐?"고 하면서 칼로 대사의 팔을 쳤다가 흰 뼈가 드러나자 숙연해하며 물러섰다는 얘기도 전해진다.

선사께서는 열반 3년 전에 고향집인 국은사國恩寺에 보은탑을 세우게 했다. 불조佛祖와 부모 그리고 나라의 은혜에 보답한다는 의미였다. 동시에 당신이 열반 후 들어가실 탑으로 준비했는지도 모른다. 40년을 살던 조계산을 떠나 고향으로 가서 입적했다. 하지만 돌아가신 후에 문제가 발생했다. 오래 머물렀던 소주韶州 백성과 고향 신주新州 주민이 서로 "우리 스님!"이라며 다투었기 때문이다. 급기야 말려야 할 고을 수령까지 그 싸움에 가세하기에 이르렀다. 할 수 없이 타협책을 찾아야 했고 향을 피워 연기가 가는 쪽에서 당신을 모시기로 양쪽이 합의했다. 연기가 조계산을 향하는지라 다시 옛 자리로 운구되었다. 선사는 당신을 등신불로 만들라는 유언을 남기지 않았다. 하지만 스승을 너무 존경한 사부대중의 '그 모습 그대로 보존하려는' 굳건한 의지에 '마지못해' 등신불이 되신 것이다.

화장과 매장의
선택권

《선원청규》〈존숙천화〉 편에 의하면 대중은 반드시 화장을 하도록 했다. 하지만 '존숙(방장급)은 화장을 하거나 입탑入塔(탑 안에 육신을 그대로 모시는 매장 형식)을 한다'고 했다. 이것이 등신불의 청규적 배경이라고 하겠다. 방장(주지) 스님은 화장과 매장 중에서 선택할 수 있도록 한 것이다. 또 존숙은 장례를 마친 후 얼굴을 그려 넣은 진영眞影을 조당祖堂에 안치토록 했다. 이심전심以心傳心과 교외별전敎外別傳을 종지로 하는 선종은 스승의 위상을 가장 중요하게 여겼기 때문이다. 《조당집》에 신라 선종의 초조인 도의 국사가 육조 선사의 조당을 참배하러 갔을 때, 영당의 문이 저절로 열렸고 예배를 마치고 나오니 그 문이 저절로 닫혔다고 한 것도 이런 선종 정신을 반영한 것이라 하겠다.

'생얼' 등신불
가섭 존자

《보림전》〈가섭〉편에서 존자의 마지막 모습을 기록했다. 줄거리는 이렇게 요약된다.

'아사세왕은 궁전의 대들보가 부러지는 꿈을 꾸었다. 가섭 존자의 열반을 알리는 것으로 해몽했다. 즉시 죽림정사로 가서 아난 존자와 함께 계족산으로 갔다. 왕이 도착하자 산이 스스로 열리고 그 안에 가섭 존자가 흐트러짐 없이 앉아 있었다. 물론 전신 모습 그대로였다. 예배를 하고 공양물을 올린 후 왕과 아난이 그 산을 나오자마자 산은 합쳐져서 원래대로 되었다.'

가섭 존자는 가부좌를 한 채 계족산을 육신보전 삼아서 금칠도 옻칠도 하지 않은 '생얼 등신불'이 되신 것이다. 지금이라도 제대로 신심을 갖추고 계족산으로 달려가 "열려라! 참 깨!"라는 주문을 외운다면 산이 대문처럼 열리면서 우리도 존자의 등신불을 친견할 수 있을 터이다.

눈에 보이는 것이 전부가 아니다

月
나는 너를 떠나지 않았고
너도 나를 떠나지 않았다

가장 기억에 남는 여행지는 중국 운남성 여강麗江이다. 시방 세계를 마실 다니듯 돌아다닌 진짜 운수납자˙ 스님이 추천한 곳이니 어련하겠는가. 그야말로 명불허전이다. 몇 년 사이에 입소문과 방송을 타면서 세계적 관광지가 되었다. 지금은 인파에 시달리며 떠밀려 다니지만 오래전에 찾았을 무렵에는 비교적 한가한 고성이었다. 게다가 비수기에 간지라 팔자걸음으로 기와의 처마와 처마가 서로 이어진 골목골목을 느긋하게 어슬렁거릴 수 있었다.

그날 밤 신시가지의 전통민속 공연장인 '금사극장'을 찾았다. 이 지역에는 '금사金沙'라는 고유명사가 흔하다. 오는 길에 트레킹했던 호도협虎跳峽(호랑이가 건너뛸 수 있는 좁은 협곡)

˙ 여러 곳으로 스승을 찾아 도를 묻기 위하여 돌아다니는 승려를 비유적으로 이르는 말

은 금사벽류金沙劈流(깎아지른 절벽의 급류)로 불렸다. '금사'라는 별명처럼 아름답다는 의미일 것이다. 굳이 금모래를 우리식 표현으로 하면 사금沙金이 된다. 생산지는 강물 혹은 냇물이다. 황금의 나라로 불렸던 신라는 경주 인근에 금광이 없다. "형산강 주변에서 사금을 채취하여 왕관과 팔찌, 허리띠 등을 만들었을 것"(박홍국, 위덕대 박물관장)이라고 추정한다. 알고 보면 양과 질에서 가성비가 훨씬 높은 채굴 방식이다.

예전에는 제련 기술이 별로 발달하지 못했다. 그러므로 광산에서 나오는 금은 거칠 수밖에 없다. 하지만 자연이 제련한 금은 인간의 수고를 덜어주면서도 품질은 훨씬 높았다. 금광에서 나오는 금덩어리보다도 물에서 건져낸 사금의 품질이 훨씬 뛰어난 이유다. 자금색으로 불리는 가장 뛰어난 금인 염부단금도 알고 보면 사금이다. 울창한 염부나무 숲속을 흐르는 강물에서 산출되기 때문이다.

토지의 공시지가가 비싼 지역을 금싸라기 땅이라고 부른다. 정말 그 땅값만큼 금을 사서 그 위를 덮는 것이 가능할 정도이니 틀린 말은 아니다. 최초의 사찰 기원정사를 건립할 때도 그 토지의 소유주가 동산의 면적만큼 금을 깔아달라는 요구로부터 창건설화는 시작된다. 그래서 사찰을 금지金地라고도 부른다. 하지만 그 금은 물리적인 금의 의미를 뛰어넘는다. 금값보다 더 비싼 가르침과 금보다도 더 빛나는 인재들이 모이는 공간인 까닭이다.

탁발에 의지하여 살아가는 승단은 한 끼 한 끼 해결하는 것이 예삿일이 아니다. 시간이 흐를수록 구성원의 숫자는 늘어갔다. 한 공간에서 수백 수천 명이 모여 사는 것은 엄청난 물질적 소비가 함께했다. 무소유를 표방하는 승가의 지도자들은 법력도 법력이지만 '복력'이 함께 따라야만 했다. 어느 날 라후라다 존자는 왼손에 빈 금 발우(밥그릇)를 쥐고 나타났다. 그날따라 탁발 성과가 시원찮았다. 그렇다고 굶길 수는 없는 일이다. 하늘을 향해 뻗은 손이 범천梵天까지 이르렀다. 그곳은 모든 것이 풍족했다. 하늘 세계의 먹거리를 금 발우에 가득 담아와 땅 위에 있는 모든 대중에게 나누어 먹였다. 혹여 법력이 부족하여 천상 세계를 마음대로 오갈 수 없다면 사금이 많이 나는 물가에 수행 도량을 짓는 것도 임시 방편은 될 것 같다.

다시, 목화를 만나다

月
나는 너를 떠나지 않았고
너도 나를 떠나지 않았다

마하트마 간디는 깡마른 체구에 둥근 안경테 너머로 쏘는 듯한 형형한 눈빛이 예사롭지 않다. 또 몸을 최소한의 옷으로 가린 채 하염없이 물레질을 반복한다. 이런 행동은 그 자체가 독립운동이었다. 식민지 국민이 할 수 있는 비폭력저항의 상징이기도 하다. 그런 모습을 보며 나름의 상상력을 보탠다. 모르긴 해도 목화솜을 이용하여 실을 짰을 것이다. 그렇다면 생산하고자 하는 옷감은 무명천이다. 인도는 예나 지금이나 유명한 면화 원산지인 까닭이다.

어릴 때 배운 교과서에 의하면 고려 말 문익점 선생은 목화를 한반도에 처음 들여왔다고 한다. 당시 목화는 최첨단 의류 재료인 까닭에 원나라 조정에서 엄격하게 관리하던 금수 품목이었다. 대륙 주변의 여러 나라에서 많은 이들이 유출을 시도하다가 좌절했을 것이다. 그 역시 이런저런 궁리를 했을 터, 순간 씨앗을 붓 뚜껑 속에 몰래 숨겨 옮기는 방법이

섬광처럼 스쳐갔다. 붓이라는 '착한' 물건 속에 도둑질한 '나쁜' 물건이 들어 있을 리 없다는 성선설性善說을 최대한 이용한 것이다. 그리하여 세관원의 예리한 눈길을 따돌리고 무사히 국경을 통과했다. 개인적인 부를 쌓기 위함이 아니라 백성 전체를 위해 선의로 한 일이며, 밀수이지만 동시에 밀수가 아니라고 스스로를 합리화했다.

목숨 걸고 몰래 가져온 3개의 씨앗 가운데 하나만 겨우 싹이 텄다. 하긴 극적인 요소가 가미돼야 스토리가 더욱 흥미진진해지는 법이다. 어쨌거나 정성을 다해 키운 덕분에 3년 만에 동네 밭을 모조리 목화밭으로 바꿀 수 있었다. 장인과 손자까지 합세한 가족 기업 형식으로 운영했다. '물레'라는 이름도, '무명'이란 옷감 이름도 모두 문씨 집안의 '문'이라는 글자에서 나왔다는 말이 있을 정도로 당시 목화의 모든 것은 문씨 집안으로 통했다.

당시의 관료들은 사농공상士農工商이라는 신분제의 칸막이로 인하여 '농農'에는 대부분 문외한이었다. 하지만 선생은 지리산 언저리에서 농사를 지었던 덕분에 남의 나라에서 만난

月
나는 너를 떠나지 않았고
너도 나를 떠나지 않았다

낯선 목화이지만 그 귀중함을 한눈에 알아보았다. 그리하여 고려 백성에게 제대로 된 옷을 입힌 공덕을 남겼다. 더불어 역사에 의류 혁명가로 기록되었다.

이제 목화는 경남 산청 단성 배양마을 목화 시배지에 관광 삼아 가야 볼 수 있는 귀한 물건이 되었다. 그곳에는 문익점 선생의 전설 같은 이야기들을 관광상품 삼아 기록하고 진열해놓았다. 전국의 목화밭도 대부분 없어지고 생활 속에서 솜이불 만나는 것도 쉽지 않다. 더욱이 뭉친 이불솜을 다시 새것처럼 만드는 '솜 탄다'는 말도 듣기 힘들다. 솜옷마저 거의 사라졌다. 설사 그렇다 하더라도 선생의 창조경제 업적과 벤처정신은 옛 세대가 배운 것처럼 아직도 교과서 속에 그대로 남아 있어야 할 것 같다.

요즘 젊은이들은 '목화'라는 물건을 의외의 장소에서 만나고 있었다. 어느 날 〈도깨비〉라는 인기 드라마의 한 장면에 목화 꽃다발이 등장했다. 이후 졸업식장, 입학식장 그리고 개인 기념일 할 것 없이 목화 꽃다발 물결을 이뤘다. 수입 목화꽃마저 동이 나고 웃돈을 줘야 구할 수 있는 귀한 물건으로 문익점 이후 최고의 주목을 받고 있다. 김영란법(부정청탁 및 금품 수수에 관한 법률)으로 불황에 허덕이던 꽃시장에 등장한 히트 상품이 되었다.

이제 목화밭은 '경관 농업'이 되었다. 농작물이 아니라 관상용으로 바뀐 것이다. 관광지 유채꽃처럼 사진을 찍고자 하는 사람들에게 뒷배경이 되는 물건이 되었다. 그럼에도 주변에는 'cotton' 마크가 찍힌 면으로 만든 제품이 넘쳐나는 것을 보면 이 땅에 목화가 없어도 갖가지 면제품을 맘껏 쓸 수 있는 것이 현실이다. 지구촌 시대를 살아가는 사람만이 누릴 수 있는 혜택이라고 해두자. 가격 경쟁력이 없다 보니 국내 생산을 포기해도 일상생활에 아무런 불편함이 없는 시대가 되었다. 그래서 이에 대한 문제의식도 같이 사라졌다.

《주역》에 이르기를 '석과불식碩果不食'이라고 했다. 씨과실은 절대로 먹지 않는다는 것이다. 농부는 씨앗 주머니를 베고 죽는다는 뜻이다. 내가 죽어도 뒷사람을 위해 남겨두어야 하기 때문이다. 고대의 '종자전쟁론'의 근거인 셈이다. 하지만 IMF 때 많은 국내의 종자 기업이 외국계 회사로 팔려나갔다

月
나는 너를 떠나지 않았고
너도 나를 떠나지 않았다

고 한다. 어쩔 수 없는 일이긴 하지만 경제 논리 앞에 씨과실마저 남에게 넘겨버렸다. 우리도 모르는 사이에 석과불식 정신도 같이 사라진 것이다.

서울 한복판 인사동 입구 커피집에서 목화를 만났다. 은행으로 사용되던 공간이 어느 날 인테리어 작업을 거치더니 널찍한 가게로 문을 열었다. 콘셉트는 목화였다. 입구에 솜꽃이 달린 목화나무가 서 있고 안쪽 자리 가운데 목화솜으로 만든 꽃다발을 공중에 매달았다. 나오는 문 앞에 목화의 학명이 'gossypium'이라는 설명을 붙여 가게 이름 '꽃이피움'의 출처로 소개했다. 알파벳 발음을 우리말로 그럴듯하게 소리 번역하는 안목의 극대치를 보여준다. 문득 유치환 시인의 '깃발' 마지막 구절이 생각났다.

아아 누구던가?
맨 처음 공중에 달 줄 안 그는

그렇다면 '꽃이 피는 것'을 '목화' 학명에 처음으로 대입할 줄 안 그(혹은 그녀)는 도대체 누구일까?

음식도 결국 사람이다

月
나는 너를 떠나지 않았고
너도 나를 떠나지 않았다

서울 종로 조계사 뒤쪽 골목에서 수십 년간 운영되던 한정식 집이었다. 인근 관가官街 혹은 은행가, 회사에서 알 만한 이는 모두 아는, 그래서 '김영란법'으로 문을 닫는 것이 뉴스가 될 정도로 유명한 식당이다. 한동안 내부 공사를 하더니 얼마 후 월남국수집이 들어섰다. 들리는 말로는 핏줄에게 가게를 물려주었다고 한다. 오랜 세월 한식당을 운영하던 솜씨였기에 가마솥에서 우려내던 그 집만의 노하우로 만든 국물에 국수를 말아주었다. 어떤 음식이건 국물은 거의 먹지 않는데도 남기지 않을 만큼 맛이 깊다. 하지만 냉정하게 말하면 월남국수라고 할 수는 없었다. 모양이나 그릇은 비슷했지만 국물 소스는 완전히 '조선화'된 우리 국수였기 때문이다. 월남국수 특유의 향도 사라졌다. 그렇다고 전통 장터국수도 아니다. 월남국수가 이 땅에 들어와서 몇 십 년 만에 완전히 토착화된 퓨전 국수라고나 할까.

국수는 본래 귀한 음식이다. 밀농사를 직접 짓고 수확 후 맷돌로 갈아야 했던 시절에는 손이 엄청나게 많이 가는 음식이기 때문이다. 잔칫날 혹은 집안의 명절에나 내놓을 수 있는 알고 보면 '외부용' 음식이었다. 생일날 국수는 장수를 상징하는 등 많은 스토리텔링도 뒤따랐다. 그래서 "국수 언제 먹여주나?"는 말도 나왔을 것이다. 6·25 이후 구호물품인 밀가루가 대량으로 시중에 나돌기 시작했다. 그리하여 국수는 언제나 누구나 간편하게 먹을 수 있는 대중 음식으로 자리 잡았다. 이제 누구에게나 언제나 그냥 "국수나 한 그릇 하지!"로 그 말이 바뀌었다.

오래 다니던 단골 음식점이 갑자기 없어지는 황당함을 또 겪었다. 대략난감을 넘어 거의 스트레스 수준이다. 가깝기 때문에 늘 편안한 마음으로 다니던 월남국수집이었다. 산중에서 스님들이 오면 대접하기도 그만이다. 때를 놓쳐 혼자 한 끼를 해결하기에도 더없이 편안했다. 음식도 음식이지만 결국 사람이다. 주인장의 화사한 미소와 친절도 빼놓을 수 없는 고명처럼 국수 위에 올려졌다. 종로를 떠나 속리산과 가야산에 머물 때도 이 집 국수가 가끔 생각날 정도였다. 이

집을 통하여 비로소 월남국수의 맛을 알게 되었다고나 할까. 그런데 없어졌다.

할 수 없이 다시 주변을 뒤졌다. 누군가의 추천을 통해 찾아간 곳이 인사동 5번 길에 있었다. 하지만 그 집은 이미 길들여진 그 맛은 아니다. 큰 틀은 비슷하지만 집집마다 미세한 맛 차이가 있다는 것도 알게 되었다. 만족도가 그런대로 괜찮은지라 기회가 되면 가끔 들른다. 신호등을 한 번 받아야 하는 큰길을 지나 십여 분 이상 걸어야 한다. 지척이 천리라고 했던가. 결국 가까운 곳만큼 자주 갈 수는 없었다. 덤으로 근처 '붕어빵' 집도 참새방앗간처럼 들른다. 내가 알고 있는 한 가장 비싼 붕어빵이다. 직접 농사지은 밀을 맷돌로 갈았나?

이래저래 월남국수와의 인연도 10여 년을 훌쩍 넘겼다. 원전原典을 확인하는 습관 아닌 습관은 국수 세계에도 그대로 전이된다. 언제부턴가 오리지널 월남국수를 반드시 확인하고야 말겠다고 벼르게 되었다. 드디어 겨울이 시작될 무렵에 기회가 왔다. 공항에서 기다리는 동안에도 월남국수를 먹었다. 베트남에 도착하여 처음 간 곳이 월남국수집이었다. 종로에서 한 번도 만난 적이 없는 '느억맘국수'라고 한다. 오이 냉국 같은 시큼 달콤한 뜨거운 국물에 말아 먹도록 면을 따로 내주었다. 원산지인 본토에 대한 기대가 너무 높았는지 맛은 별로였다. "덜 맵게 해주세요"라고 따로 주문을 넣으며 한국에서 가장 즐겨 먹던 똠얌국수집은 결국 일정이 끝날 때까지 들르지 못했다. 여행사는 짜인 일정대로 정해진 식당만 갔다.

언젠가는 '누들 로드' 따라가듯 월남국수를 찾아가는 여행 자리가 있다면 꼭 끼여야겠다. 그리하여 지역민이 아끼고 추천하는 '미쉐린 별'이 전혀 부럽지 않은 동네 월남국수집을 찾아갈 수 있는 인연을 기대한다. 또 남은 생애 꼭 해야 할 버킷 리스트에 한 항목이 더 추가되었다.

月
나는 너를 떠나지 않았고
너도 나를 떠나지 않았다

음식도 음식이지만 결국 사람이다.

주인장의 화사한 미소와 친절도
빼놓을 수 없는 고명처럼 국수 위에 올려졌다.
종로를 떠나 속리산과 가야산에 머물 때도
이 집 국수가 가끔 생각날 정도였다.

이 집을 통하여 비로소
월남국수의 맛을 알게 되었다고나 할까.

어쨌거나 모든 것은 변해가기 마련

月
나는 너를 떠나지 않았고
너도 나를 떠나지 않았다

언젠가 남쪽 끝 바닷가 어느 작은 도시에 들렀을 때 "이곳에서 얼굴 자랑하지 말라(미인이 많다는 의미)"는 동네 광고를 들었다. 그곳에 머무는 지인들이 서울 나들이를 했다. 이중섭 전시회 등 몇몇 전시회를 관람하기 위해 문화비를 마련하고 시간을 만들었다는 것이다. 종로 인근에 숙소를 예약해둔 덕분에 저녁밥을 함께하는 마지막 일정에 합류했다. 여름 저녁은 어둠이 늦게 깔리는지라 마음이 한결 여유롭다. 자리를 파하면서 이튿날 몇몇 새벽형 인간과 함께 아침 식사를 같이 하자는 초청이 다시 이어졌다.

　인사동 입구의 그 빵집은 아침 일찍 문을 연다. 숙소에서 내려다 보니 오늘따라 둥근 실내등이 여러 개 켜진 그 가게가 유난히 크게 눈에 들어온다. 이내 휴대폰에는 아침잠이 없다는 이의 전화번호가 신호음과 함께 찍혔다. 그 가게에서 해외여행이라도 온 것처럼 기분을 내며 빵과 커피를 시켰다.

그 사이에 시간차를 두고 몇몇이 출근하는 길에 빵을 사서 들고 나간다. "모두들 이렇게 열심히 사는구나" 하며 자리를 털고 일어나 건널목 신호등 바뀌기를 기다렸다.

한옥이 밀집한 북촌의 이른 아침 나들이는 처음이다. 이 골목 저 골목을 본의 아니게 가이드를 겸하며 둘러보았다. 방문객으로 붐비는 한낮이나 저녁의 관광지 느낌과는 사뭇 다른, 차분하면서도 평범한 동네 분위기를 만날 수 있었다. 남매가 등교 준비를 마치고 아버지의 출근 차량에 오르면서 까르르 웃는 소리는 골목 안쪽으로 울려퍼지며 메아리가 된다. 지긋

한 나이의 어르신이 오토바이를 매만지다가 공구를 가지러
집 안으로 들어간다. 열린 대문 사이로 살림집의 드러난 속
살도 슬쩍 훔쳐본다. 호젓함을 즐기려는 부지런한 일본 관광
객 네댓 명이 인솔자 안내에 따라다니며 아침 미소를 날리는
것을 보는 것도 구경거리다.

주민이 살고 있으니 떠들지 말아달라는 주문이
적힌 현수막이 곳곳에 있을 만큼 5년
만에 다시 찾은 조계사 북쪽 마을은
몇 년 사이에 풍광이 많이 바뀌었다.
늘어난 가게는 화려해졌고 늘어난
인파는 소란스럽다. 자주 가던 사찰
음식 전문식당은 이미 서촌으로 옮겼
고 그 자리는 리모델링한 화려한

카페가 대신하고 있다. 인근 언덕길에 자리 잡은 비교적 오래된 ㅁ자 한옥인 전통찻집이 아침 일찍 문을 열고 전통 죽을 아침 메뉴로 손님을 맞이하고 있다는 사실에 안도했다.

삼청공원 입구에서 큰길을 따라 다시 내려왔다. 예약 전화를 하면 내 목소리를 기억해주는, 중국 유명 여배우 이름을 딴 그 중식당이 없어진 것은 종로 생활을 다시 시작한 이후 가장 서운한 일이다. 건물 전면의 통유리 창문은 이제 반짝이는 별과 현란한 물결 무늬가 그려진 젊은이들의 공간으로 바뀌었다. 그 길에 자리 잡고 있던 몇몇 유명 한정식집도 모두 간판을 내렸다. 오래된 동네가 구세대는 더 이상 북촌과 삼청동에 오지 말라는 무언의 압력 아닌 압력을 행사하는 느낌이다. 구세대 음식인 칼국수마저 줄을 서서 기다릴 수 없는 성정 때문에 맛도 못보고 돌아섰던 기억까지 새록새록 떠오른다.

어쨌거나 모든 것은 변해가기 마련이다. 하지만 긍정적인 변화도 보인다. 젊은 세대가 이 거리에서 한복 체험을 즐기는 풍광이 새로운 유행으로 자리 잡은 것이다. 하지만 맵시가 제대로 나지 않는다. 30여 년을 하루같이 한복(물론 승복) 생활을 하면서 내린 결론은 '간지 나게' 입으려면 자주 입어야 한다는 것이다.

언젠가 경복궁 담장 길에서 '임금님 패션'을 만났다. 소화하기 어려운 옷도 선뜻 입는 그 용기가 더없이 가상하다. 펄럭이는 도포 자락 사이로 청바지가 그대로 드러나긴 했지만. 왕들도 백성들의 생활을 살핀다는 명목으로 가끔 어의가 아니라 평상 한복 차림으로 대궐 문을 나와 근엄함을 잊는 시간을 가졌다. 격식에서 벗어난 자유로움이 너무 좋아서 돌아갈 시간이 되면 따라온 내관에게 이렇게 투덜거렸다.

"궁 싫어! 궁(에 돌아가기) 싫어!"

그것이 '구시렁구시렁'의 어원이라나 어쩐다나.

양지가 있으면 음지도 있는 법

月
나는 너를 떠나지 않았고
너도 나를 떠나지 않았다

대전 지역에서 활동하는 독서 모임의 부름을 받았다. 손바닥 안의 액정만 켜면 재미있는 볼거리가 가득한 세상에서 책 읽는 인구는 하루가 다르게 줄고 있다. 그렇다고 해서 전자책을 다운받아 읽는 것도 아닌 것 같다. 동네 서점은 대부분 문을 닫았고 어쩌다 운 좋게 살아남은 책방은 그 비결을 묻는 것이 뉴스거리가 되는 형편이다. 이런 현실 앞에 안타까움을 함께하는 뜻있는 이들이 모이는 자리를 마련한 것이다.

갑자기 기온이 쌀쌀해지고 노천에서 오래도록 앉아 있어야 하는지라 모자와 목도리까지 챙겼다. 주말 단풍 행락 인파로 길은 온통 정체의 연속이다. 천년 은행나무 밑에서 진행되는 색다른 행사는 가깝지 않은 거리임에도 불구하고 마음을 내도록 만들었다. 황금빛 은행잎이 하늘에서 쏟아지는 광고 장면을 상상하며 꼬리에 꼬리를 문 차량 뒤로 이어진 꼬리의 길이를 늘이는 데 기꺼이 합류했다. 넉넉하게 예상

시간의 두 배쯤 여유를 두고 출발했지만 휴게소 한 번 들르지 못한 채 부지런히 달려서야 겨우 약속 시간을 맞출 수 있었다.

주차장 틈을 비집고 주차하는 와중에 힐끗 쳐다본 은행나무는 푸른빛과 누리끼리한 색이 반반이었다. 아! 너무 일찍 왔구나. 금풍金風이 불면 다시 와야겠다. 장탄식과 함께 혼잣말로 몇 마디를 중얼거리면서 은행나무 방향을 향해 돌계단을 밟으며 종종걸음을 쳤다. 20여 명의 독자와 5명의 패널이 마주보며 이런저런 질문을 주거니 받거니 하며 여러 대화를 나누었다.

장소가 장소이니만큼 은행나무 이야기도 빠질 수 없다. 1970년대 '수출입국' 시대에는 은행나무 잎을 수집하여 의약품의 원료로 해외시장에 팔았다. 한방에서는 은행 열매가 기침에 좋다면서 구워 먹도록 처방했다. 절집의 거대한 은행나무에 관한 전설은 다소 정치적이다. 신라 망국의 한을 품은 마의태자가 금강산으로 입산하며 꽂아놓은 지팡이가 은행나무가 되었다거나 혹은 나라에 어려움이 생기면 울음소리를 낸다는 영험을 강조하는 형식을 띤다. 고려 공민왕이 홍건적의 난을 피해 피신하면서 국태민안의 기도를 한 인연으로 나라의 안녕을 유지하게 되었다는 이야기를 품고 있는 충북 영동 영국사 은행나무는 매년 가을 당산제를 통해 마을 공동체의 수호신 노릇까지 마다하지 않고 있다.

아무래도 은행나무의 본가는 공자 집안이다. 서원과 향교에는 하나같이 아름드리 은행나무가 약속이나 한 듯 자리 잡았다. 공자께서 은행나무 그늘 아래에서 평상을 펴고 제자를 가르쳤다는 행단에 그 뿌리를 두고 있다. 최초 기록인 '공자께서… 행단 위에 앉아서 쉬었다… 제자들은 책을 읽고…休坐乎杏壇之上弟子讀書…'라는 내용이 《장자》에 나온다. 유가서가 아니라 도가서의 기록인 것이 아이러니하긴 하다. 하긴 제자백가는 서로가 서로에게 영향을 미치고 또 서로 필요한 말을 서로 인용하는 열린 문화를 추구했으니 굳이 영역을 나누어 볼 것도 없긴 하다.

공자의 탄생지인 곡부曲阜, 추읍郰邑, 창평현昌平縣과 자란 곳인 궐리闕里라는 지명을 똑같이 사용하는 한국과 일본에도 어김없이 은행나무가 자리 잡고 있다. 일본 도쿄대학교 터는 에도 시대부터 창평향昌平鄉으로 불렸으며, 유교교육기관인 성균관이 있던 지역이었다. 그래서 학교 문양도 은행잎이다. 서울 명륜동 성균관대학교 역시 그 과정을 함께하고 있으며 학교 문양 역시 은행잎이다. 지금도 '개교 600년' 역사를 이어감을 자랑한다. 경기도 오산의 궐리사 은행나무도 많은 이야기를 안고서 오늘도 그 자리를 꿋꿋이 지킨다.

무엇이든 양지가 있으면 음지도 있기 마련이다. 은행나무도 마찬가지다. 다 좋은데 한 가지가 문제. 바로 향기롭지 못한 냄새다. 조선 시대에 윤탁이라는 선비는 행단을 생각하며 손수 은행나무 두 그루를 강당 앞뜰에 심었다. 세월이 흐르면서 큰 나무가 되었고 큰 그늘은 여름에 평상을 펴기에도 좋았다. 하지만 가을이 문제였다. 열매가 땅에 떨어지면서 엄청난 악취를 풍겼다. 게다가 일꾼들이 나무 주변을 따라다니며 은행을 줍느라고 사당 앞에서 낄낄대며 떠드는 소리가 담 너머까지 울렸다. 성균관의 관원이 제사를 드리면서 소란스럽게 한 것에 대하여 사죄의 뜻을 고하니 이로부터 다시는 열매를 맺지 않았다고 한다. 세상 사람들은 이를 신이한 일이라고 했다. 《신증동국여지승람》에 전하는 이야기다.

전국 가로수의 40%가 은행나무라고 한다. 정치적 혹은 교육적인 거창한 이념 때문에 심은 것이 아니라 매연 속에서 공기 정화 기능이 뛰어나고 생명력이 강하다는 식물학적 강점 때문이다. 하지만 고약한 냄새는 예나 지금이나 골칫거리다. 나무를 감동시켜 열매 맺기를 중단시킬 만한 신통력이 없다면 처음 심을 때 열매가 열리지 않는 숫나무 묘목을 잘 골라내는 수밖에 없다. 그런데 이것을 분별하는 실력은 고난도 기술이라고 한다. 암수를 가리는 것 자체가 쉽지 않기 때문이다.

여름비는 전남 해남의 고택을 녹우당綠雨堂으로 만들지만 가을비는 북촌 한옥을 황우당黃雨堂으로 만들 터이다. 그날은 코는 완전히 닫고 눈만 크게 열고서 황금 낙엽을 밟으러 가야겠다.

경계인의 삶

月
나는 너를 떠나지 않았고
너도 나를 떠나지 않았다

부산 아지매들이 마실 삼아 우동 먹으러 간다는 우스갯소리가 있을 만큼 대마도對馬島는 가까웠다. 현재 3만의 일본 주민이 살고 있으며, 젊은이들은 때가 되면 거의 본섬으로 떠나 고등교육기관은 상대적으로 적다고 한다. 이즈음 1년에 20만 이상의 한국인이 다녀간단다. 그 가운데 6할이 당일치기라고 했다. 필요한 면세품 하나만 제대로 사면 왕복 비용이 빠진다는 농담은 그만큼 거리가 가깝다는 뜻의 우회적 표현이리라.

그동안의 대마도 행을 기억으로 가만히 더듬어 보니 벌써 서너 번은 된다. 어디로 가느냐가 중요한 것이 아니라 누구랑 가느냐가 더 중요하다는 여행계의 명언은 이번 나들이에도 어김없이 몇 번씩 반복해서 들었다. 식탁 위에 어떤 음식이 올라오는지가 문제가 아니라 맞은 편 의자에 누가 앉았느냐 하는 것이 더 중요하다는 요리계의 명언도 빠질 수 없다. 뒤집어 말하면 이런 말이 잦을수록 먹을 것과 볼거리가 별로 없는 여행지라는 의미가 된다.

눈에 보이고 입 안으로 들어가는 것은 소박할지 모르겠지만 눈에 보이지 않는 지정학적·역사적 무게가 주는 의미는 결코 가볍지 않다. 한반도와 일본 열도 사이에 낀 틈새 국가로서 생존을 위한 주민들의 역사는 절박함 그 자체였다. 섬의 90%가 산지이므로 모든 것이 부족할 수밖에 없다. 적지 않은 물자를 원조해야 한다는 사실이 부담스러워 반도도 열도도 모른 척했다. 양쪽에서 모두 버림받은 땅이었다. 하지만 쥐구멍에도 볕들 날이 있다고 했던가. 근대 이후 배를 만드는 조선술과 운항 기술이 비약적으로 발전하면서 군사적·교통적 요충지로서 가치가 부각되기 시작했다. 시간이 흐르면서 반도와 열도에서 동시 구애를 받는 시대가 온 것이다.

오래전부터 두 나라 사이에서 줄타기를 얼마나 잘하느냐는 것이 대마도 영주의 정치력을 가늠하는 척도였다. 한·일의 경계인으로서 외교적 수사학의 극치를 임진왜란 때 보여줬다. 정명향도征明嚮導(명나라를 정벌하고자 하니 안내를 해달라)에서 정명가도征明假道(명나라를 정벌하고자 하니 길을 빌려달라)로 바뀌더니 마지막에는 가도입명假道入明(길을 빌려서 명나라로 들어가고자 한다)이란 문서까지 등장했다. 마지막 '명나라에 들어간다'는 용어에는 전쟁이라는 의미까지 완전히 탈색시켰다. 레토릭도 이 정도면 꾸미기가 아니라 실력이다. 권력자의 전쟁 의지까지 바꿀 순 없었지만 덕분에 문서를 수발하던 대마도 출신 외교 사절의 목숨은 구할 수 있었다.

임란 후에도 대마도가 살기 위한 방편으로 조선과 국교를 재개하는 일에 심혈을 기울였고 결국 조선통신사를 유치해 관계 회복에 큰 역할을 했다. 대마도 서산사西山寺는 영빈관이었다. 이곳은 조선통신사의 유숙처이기도 했다. 지금도 관광객과 참배객에게 머물 곳을 제공하면서 자기만의 오랜 역사를 이어가고 있다. 게이테츠 겐소 스님이 창건했다. 그는 1580년 대마도로 이주한 후 1611년 이 절을 지었다. 당시 절 이름은 이정암以酊庵이었다. 정酊은 그가 태어난 정유丁酉년이라는 의미를 담은 것이라 한다. 만약 직접 이 이름을 붙였다면 자존감이 엄청 강한 성격의 소유자일 것이다. 정유년인 올해(2017년) 태어난 이는 겐소 스님과 띠동갑이 된다. 사전적으로 정酊은 '술 취하다'라는 뜻이다. 제정신으로는 하루도 살 수 없었던 시절이었을까? 아니면 묵는 사람 누구든 몽롱한 상태로 아주 편안한 휴식을 주겠다는 다짐이었을까?

어쨌거나 겐소 스님은 본인의 의지와 상관없이 '조선말을 할 줄 안다'는 이유로 반강제 경계인의 삶에 편입됐다. 사무라이 시대에 개인 의사가 존중될 리 없었다. 복종과 죽음 가운데 한 가지를 선택해야 하는 시절이었다. 임란 이전에는 조선과 일본을 오가며 첩자 노릇을 했고 임란 때는 종군해 참모 노릇을 했으며 종전 후에는 국교 재개를 위한 외교 사절 역할을 마다하지 않았다. 임진왜란을 배경으로 하는 대하사극에 감초처럼 빠지지 않고 등장한 까닭에 우리에게도 익히 알려진 인물이다.

스님은 조선과 일본의 틈바구니 속에서 이런저런 역할과 중재자로서 파란만장한 삶을 살았다. 인물에 대한 평가 역시 부정과 긍정이 극단으로 함께 존재한다. 조선과 일본이라는 진영 논리의 충돌 속에서 두 국가를 객관적으로 동시에 바라볼 수 있는 위치에 있는 중도주의자의 삶은 수시로 변신을 강요당하는 고달픔 그 자체였다. 그럼에도 처한 상황에 따라 중간자로서 경계인으로 최선을 다했다. 양국 사이에 끼여 고통 받는 대마도인과 함께 아파하면서 고심한 까닭이다.

한국인의 방문은 크게 늘었지만 주민들의 정서와 생활방식을 배려하지 않는 막무가내 관광 때문인지 곳곳에 기본 예절을 요구하는 한글 안내문이 걸려 있어 얼굴이 화끈거린다. 임란 직전에 서산사를 방문한 조선의 학봉 김성일 선생은 '비록 한 집에서 의관을 갖춘 두 나라의 신하一堂簪盍兩邦臣 지역은 다르지만 의식은 비슷하구나區域雖殊義則均'라는 시를 남겼다. 두 국가를 동시에 바라볼 수 있는 '경계지 여행'이 주는 의미를 좀 더 살릴 수 있도록 작은 힘이라도 보태야겠다.

좋은 글을 반복하여 읽으면 사람이 바뀐다

月
나는 너를 떠나지 않았고
너도 나를 떠나지 않았다

지인에게 장문의 문자를 받았다. 귀한 책을 한 권 구했다는 소식이다. 10여 년 전에 이미 절판된지라 중고서적 판매 사이트를 이용했다고 한다. 잠시 후 표지와 속지 한 페이지까지 휴대폰 영상으로 보내준다. 꼭 필요한 책이니 반드시 구매해두라는 당부까지 덧붙였다. 여기저기 무명 사이트까지 검색하면서 부지런히 손품을 판다면 조금 더 싸게 살 수 있을 것이라는 귀띔까지 했다.

　손놀림이 재빠른 20대 직원에게 전후 사정을 전했다. 최대한 빨리 최대한 싸게 구입해보겠노라고 하면서 '아재 세대'에게 의미심장한 미소를 날린다. 아니나 다를까 사흘이 채 지나기도 전에 택배가 도착했다. 재미있는 것은 중고 책 가격이 새 책 원가의 3배나 된다는 사실이다. 이 정도라면 고서가 아닌 요즘 책도 투자 가치가 있다는 말이다. 책을 사기만 했지 팔아본 적은 없지만 내 책들도 인터넷 시장에 올려

볼까 하는 호기심까지 발동했다.

　바쁜 마음으로 후다닥 포장된 박스를 뜯었다. 낮잠용 베개를 해도 손색없을 만큼 두툼한 두께에 붉은색 표지가 주는 포스가 예사롭지 않다. 중국 고전에서 명언만을 뽑아놓은 사전이다. 편자는 그 유명한 모로하시 데쓰지였다. 동북아 문화권에서 한문깨나 읽었다고 한다면, 누구나 그의 신세를 져야 하는 유명 인사다. 15권짜리 《대한화사전》의 저자인 까닭이다.

　모로하시 사전은 장인정신의 30년 결정판이다. 한창 작업 중이던 서재가 제2차 세계대전 말기 교토 공습으로 잿더미가 되었다. 하지만 그의 정성에 하늘마저 감동했는지 3쇄 교정지는 그대로 남아 있었다고 한다. 흰 종이에 박힌 촘촘하고 흐릿한 글씨를 오래도록 살피다 보니 백내장은 날로 악화되어 갔다. 수술까지 했으나 결국 한쪽 눈은 실명했고, 남은 눈도 시력이 떨어져 작은 글자는 돋보기를 이용해 완성한 뼈를 깎는 고통의 결과물이었다.

이 사전 편찬의 기획자이면서 후원자요, 또 실무 책임자로서 숨은 공신인 대수관大修館 서점의 스즈키 잇페이 사장은 아들 3명의 학업까지 중단시키고 이 책의 간행을 돕도록 했다. 현재 최대 불교 사전을 지향하는 《가산불교대사림》 간행 작업을 멀리서 지켜보며 그 지난함은 익히 보고 들었다. 컴퓨터를 이용해 책을 만드는 지금도 그 과정은 녹록지 않은데 하물며 한 글자 한 글자마다 활자를 제작해야 하는 그 시절의 노고는 상상만 해도 온몸에 전율이 일어난다.

모로하시 선생은 많은 예문을 인용하는 사전을 편집하면서 결코 차가운 기능인에 머물지 않았다. 가슴을 울리는 명언은 따로 모아두는 따뜻한 사람이었다. 마무리를 위한 세월만도 8년이다. 그 결과물인 《중국고전명언사전》의 짧은 서문의 첫마디와 끝마디는 "고전에 실린 명언에는 신비한 힘이 있다"는 것이었다. 좋은 글을 자주 반복하여 읽으면 사람이 바뀐다는 뜻이다. 읽는 그 자체로 수행이 되기 때문이다. 한글 번역자와 용기 있는 출판인 덕분에 곁에 두고 늘 읽을 수 있는 인생 지침서를 늦둥이처럼 얻었다.

얼마 전 《돈황학대사전》이 출간되었다. 자료 수집과 집필에 13년이 소요되었고 한글 번역에 4년이 걸린 책이다. 독자로서 사명감과 함께 게으름을 부리다 때를 놓쳐 중고 사전을 샀던 일을 반성도 할 겸 교보문고로 달려갔다. 크고 무거운 책인지라 두 겹으로 겹쳐진 튼튼한 끈이 달린 종이봉투에 담아준다. 늘 어깨에 메고 다니는 회색빛 헝겊 가방에 넣기가 부담스러운 것들은 이 쇼핑백을 재활용하고 있다. 봉투 겉면에 쓰인 '사람은 책을 만들고 책은 사람을 만든다'는 명언을 널리 알리기 위해서라도 이것을 들고 자주 종로 거리를 활보해야겠다.

月
나는 너를 떠나지 않았고
너도 나를 떠나지 않았다

"고전에 실린 명언에는
신비한 힘이 있다"는 것은
좋은 글을 자주 반복하여 읽으면
사람이 바뀐다는 뜻이다.

읽는 그 자체로
수행이 되기 때문이다.

明

自月明

해와 달, 산과 바람, 사람을 살게 하다

달빛을 만나다

明
해와 달, 산과 바람,
사람을 살게 하다

보름날(음력 15일)부터 이지러지기 시작한 달이지만 아직은 그 둥근 빛의 여운이 남아 있다. 그야말로 '끝물' 달빛이지만 아쉬운 대로 나그네의 눈을 달래주기엔 부족함이 없다. 자야 할 시간인 삼경(밤 9시) 무렵에 주섬주섬 목도리와 장갑을 챙겼다. 다른 객들에게 혹여 방해가 될까 봐 살금살금 방문을 열고 발꿈치를 들고 마루를 거쳐 가만가만 현관문을 연다.

여러 채의 한옥으로 이루어진 템플 스테이 공간의 창호지 문에는 드문드문 불이 켜져 있다. 절집 생활과는 달리 세간 사람들이 잠을 청하기에는 너무 이른 시간인 까닭이다. 혼자 달빛 기행에 나섰다. 경내엔 상야등常夜燈 때문에 달마저 높이 매달린 가로등처럼 보인다. 계곡을 가로지르는 긴 다리를 건넜다. 겨우내 얼어 있던 연못에는 이미 봄기운이 닿아 졸졸 졸 물 흐르는 소리를 낸다. 차도와 인도를 구분하는 자리에 설치된 가로등의 키는 무릎 아래를 넘지 않는다. 불빛마저

차분하면서도 은은하다. 이제야 달빛은 달빛이 되고 등불은 등불이 된다. 서로가 서로의 영역에서 제각기 자기 할 일을 하고 있을 뿐 상대방을 간섭하지 않는다.

강원도 평창의 오대산 동쪽 봉우리는 만월산滿月山이라고 부른다. 만월산의 정기가 서린 곳에 월정사月精寺를 창건했다. 만월은 모양만 호떡마냥 둥근 보름달은 아니었다. 갈 길을 잃어버린 사람이건 제 길대로 찾아가고 있는 사람이건 누구에게나 차별 없이 골고루 그 빛을 아낌없이 나누어주었다. 그래서 그 고마움에 보답하기 위해 중생들은 '만월 보살'이라는 칭호를 수여했다. 만월은 늘 동쪽에서 뜬다. 태양도 서쪽에서 뜰 일이 없겠지만 달도 서쪽에서 뜰 일은 없다. 그래서 사람들은 당신이 살고 있는 세상을 동방만월 세계라고 불렀다. 그곳은 일종의 이상향이었다. 그곳을 찾아나섰지만 가도 가도 그 동쪽은 끝이 나오지 않았다. 만월 세계는 우리의 걸음걸이로 가기에는 너무 멀었다. 그래서 나름 지혜를 동원했다. 가닿을 수 있는 자리에 만월 세계를 만든 것이다. 달밤의 아름다운 도량은 있는 그대로 만월 세계의 현현이었다. 마음의 달은 더 아름다운 절이었다.

지혜의 광명으로 온 세상을 밝히기 위해 수행승들은 '만월선원'이란 현판을 달았다. 아침 일과를 마치고 객승에게 잠시 짬을 내어 차를 한잔 대접해주는 J스님의 마음 씀씀이에 모과차는 그대로 달빛 마음차로 바뀌었다. 장거리 이동으로 인한 피로감에 혹여 아침 식사를 건너뛸세라 걱정하며 동 트기도 전에 서쪽 끝자락까지 일부러 찾아와 문 밖에서 내 이름을 크게 불러주는 방외지사方外之士 H스님의 목소리는 더욱 정겹게 들린다. 두 분의 거처는 모두 대웅전 동쪽에 자리 잡고 있다. 80권 《화엄경》을 한글로 번역한 대작을 남긴 탄허 스님께서 머물렀던 방산굴 역시 동쪽집이다.

　객실은 서쪽집이었다. 태양이건 달이건 뜨는 곳이 있으면 지는 곳도 있어야 한다. 그렇지 않고 늘 공중에 매달려 있기만 한다면 해와 달 역시 얼마나 피곤하겠는가? 그 피로감은 결국 제 빛조차 제대로 가질 수 없도록 만들 것이다. 활동과 휴식이라는 양변의 이치는 하늘의 달이라고 할지라도 예외가 될 수 없다. 어두운 밤에 세상을 비추는 일을 위해 초저녁에는 동녘에서 떠올랐고, 내일 또 그 일을 위해 새벽에는 서쪽으로 돌아가서 쉬어야 했다.

서쪽 달을 전송하는 위치에는 제월당霽月堂이 자리한다. 제월은 비 개인 뒤 하늘의 달처럼 맑고 밝은 모습을 말한다. 해인사 홍류동 계곡에는 제월담霽月潭이란 소沼가 있다. 달빛이 가장 아름다운 곳이다. 살다 보면 누구나 흐린 날 혹은 바람 부는 날, 그리고 비오는 날처럼 낭패와 어려운 일과 맞닥뜨리기 마련이다. 바쁘고 힘들수록 한 템포 쉬어갈 줄 알아야 한다. 옆길로 돌아서 갈 줄도 알아야 한다. 휴식형 템플 스테이 공간은 그래서 필요하다. 한옥의 방바닥에 누워 뒹굴뒹굴하며 아무 생각 없이 며칠 동안 등짝을 지진다면 맑은 달처럼 몸과 마음이 개운해질 터이다.

그 곁에 지월당指月堂이 있다. 달동네(?)답게 또 달집이다. 달을 가리키는데 달은 보지 않고 손가락만 보고 있는 어리석음을 선인들이 이렇게 문학적인 말로 만들었다. 초저녁에 동쪽의 달을 가리켰을까? 새벽녘에 서쪽의 달을 가리켰을까? 아니면 한밤중에 중천에 떠 있는 달을 가리켰을까? 오대산에서 출가하여 젊은 시절을 월정사에서 보낸 지월 선사는 중천의 달을 가리키는 손가락을 따라 남쪽인 가야산 해인사로 오셨나 보다.

반대로 필자는 손가락이 가리키는 방향을 따라 남쪽에서 북쪽으로 달려왔다. 출가 학교에서 50여 명의 선남선녀들이 달 같은 해맑은 표정으로 8박 9일의 '마음 출가' 과정을 밟고 있었다. 한 강좌 맡은 인연 따라 나름 고상한 달빛 나들이가 된 셈이다. 등 뒤에 새벽달을 두고서 혼잣말로 중얼거렸다.

자월명自月明하라.

스스로를 달빛 삼을지어다.

매화의 두 얼굴

明
해와 달, 산과 바람,
사람을 살게 하다

봄 매화를 보려고 일부러 전남 구례에 있는 화엄사를 찾았다. 꽃을 찾는 일은 개화 일시까지 맞춰야 하는 까다롭고 정성스런 나들이다. 지인의 문자 정보처럼 각황전 옆 홍매는 절정이었다. 만개할 때는 그 빛깔이 붉다 못해 검은 빛까지 나는지라 '흑매'라고 불릴 만큼 인상이 강렬하여 예로부터 탐매객探梅客을 끊임없이 불러들인 명품이기도 하다. 아니나 다를까 뷰포인트는 물론 주변까지 '셀카'족 상춘객으로 가득하다.

그런데 '순간 포착' 디지털 시대에 정겨운 아날로그 장면이 눈앞에서 펼쳐지고 있는 게 아닌가? 홍매와 약간의 거리를 두고 서 있는 작은 전각의 댓돌 위에 설치한 캔버스 앞에서 팔레트를 든 채 가만히 꽃을 응시하는 화가의 경이로운 모습을 만난 것이다. 옛 묵객들이 사용했던 화선지와 먹물대신 화려한 물감으로 헝겊 위에 매화를 그려내고 있었다.

주변의 어수선함에도 아랑곳없이 홍매가 흑매로 변해가는 순간을 포착하는 바쁜 붓놀림이 연신 이어진다. 이미 며칠을 머물렀는지 화폭은 거의 완성 단계다. 카메라 렌즈에는 홍매이지만 화가의 눈에는 이미 흑매로 바뀌어 있었다. 강렬한 색깔의 그림과 부드러운 빛깔의 실물을 번갈아 쳐다보았다. 육안肉眼과 심안心眼의 차이만큼 그림과 사진은 극명한 대조를 이루며 서로 다른 매화를 담아내고 있다.

한참 후에 발걸음을 옮겼다. 대숲 깊을 지나면서 무위無爲의 들매화를 만났다. 언덕 아래 버려진 것처럼 서 있는 처연한 아름다움의 들매화였다. 홍매화에 비한다면 보통 사람들의 눈길조차 제대로 받지 못한 소박한 야생매다. 그 앞은 한산했고 안내판마저 없다면 그냥 지나치기 십상이다. 산짐승이 잘 익은 매실을 먹은 후 나온 배설물을 거름 삼아 그 씨앗이 발아했을 것이다. 또 동자승이 설익은 것을 먹다가 배탈로 인하여 화장실에 도착하기 전에 쏟아버린 설사 속의 씨앗일 수도 있겠다. 야생인지라 꽃은 작고 듬성듬성 피지만 단아한 기품과 진한 향기 그리고 '자연산'이라는 희귀성으로 인하여 법당 옆 화려한 인공미의 홍매를 제치고 '천연기념물 제

845호'로 지정되는 저력을 보여주었다. '토종 매화 연구의 학
술적 가치'가 전문학자에게 높은 평가를 받은 까닭이다. 대중
의 눈과 전문가의 안목은 카메라 눈과 화가의 눈만큼 다르다
는 것을 두 매화는 함께 보여준다.

　하긴 모든 것을 동시에 갖출 수는 없다. 인위人爲와 무위無爲
의 두 얼굴이기도 하다. 홍매화는 그 자태와 서 있는 자리로
보건대 감각이 예사롭지 않은 이가 심었을 것이고, 또 오랜
시간 세세한 보살핌을 받았을 것이다. 하지만 야생매는 몇
백 년 동안 순전히 자기 힘으로 풍우와 추위를 이겨내며 그
자리를 꼿꼿이 지켜왔을 것이다. 이제 홍매는 빛깔로 사람을
모으고, 야생매는 향기로 벌, 나비를 모으면서 봄날은 그렇
게 가고 있었다.

바람이 부니 머리카락도 휘날린다

바람은 눈에 보이지 않는다. 그렇다고 해서 없는 것은 아니다. 눈에 보이지 않지만 그래도 눈에 보이도록 끄집어내야 할 때가 더러 있다. 아이들은 바람개비를 돌리며 장난감 삼아 바람과 함께 논다. 문인과 사진작가는 자기의 안목으로 바람을 잡아낸다. 시인 김수영은 '풀이 눕는다. 바람보다도 더 빨리 눕는다. … 바람보다도 먼저 일어난다'라고 하여 풀의 처세술을 통해 바람을 묘사했다. '두모악 갤러리'는 '탐라의 바람을 찍었다'는 평가를 받는 김영갑 작가의 사진 전시장으로 유명하다. 정말 기막히게 삼다도의 많은 바람을 여러 가지 모습으로 포착했다. 이즈음 풍력발전소도 바람의 존재를 알려주는 역할을 자청하고 나섰다.

선사들은 바람을 주제로 선문답을 주고받았다. 《육조단경》에는 '풍번風幡' 이야기가 나온다. 법성사法性寺에서 흔들리는 깃발 아래에서 두 승려가 "바람이 움직인다" 혹은 "깃발이 움직인다"는 서로의 주장을 굽히지 않고 논쟁하고 있다. 어쨌거나 중생의 눈에 바람은 깃발이라는 매개체를 통하여 알아차릴 수밖에 없다. 그 무대인 중국 광동성 광주廣州 법성사는 현재 광효사光孝寺로 불 린다. '광주가 있기 전에 광효사가 있었다'는 지역 속담이 있을 정도로 오랜 역사를 자랑하는 유명 사찰이 다. 현재 육조혜능 선사의 머리카락 이 보관되어 있는 탑이 자리 잡고 있 는 까닭이다. 머리카락 바람의 인기는 현재까지 그칠 줄 모르고 불고 있는 셈이다.

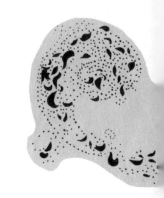

모양이 있는 바람이 있는가 하면 모양 없이 부는 바람도 있다. 성철 스님께서 열반한 이후 불교 바람이 전국적으로 불어닥치는 신드롬이 일어났고, 현재는 혜민 스님과 법륜 스님이 그 인기 바람몰이를 하고 있는 중이다. 이런 바람을 '도 풍道風' 혹은 '정토풍淨土風'이라고 부른다. 그 바람은 "삼천리에 미친다"고 했으니 신의주에서 부산까지 덮고도 남을 거리다. 또 바람은 "성인이 세상에 출현할 징조"라고도 했다. 성

인은 나타나서 바람을 일으키기도 하지만 성인이 나타날 징조로 미리 바람이 불기도 한다. 즉, 성인을 맞이하기 위한 주변 정리와 청소를 통해 국토를 깨끗하게 만드는 정지 작업의 일환인 것이다. 바람은 이렇게 두 가지 모습이 있다.

'도道 바람' 혹은 '정토 바람'의 특징을 《선어록》에는 이렇게 서술했다.

이 바람은 온화하고 시원해서 일체를 손상시키지 않는다. 바다에 들어간다고 해도 해일을 일으키지 아니하며 산림으로 들어간다고 해도 나뭇가지와 잎을 흔들지 않는다. 모든 일체의 질병도 이 바람을 만나게 되면 낫는다. 일체의 죄업 가운데 참회해도 소멸되지 않는 것도 이 바람을 만난 까닭에 모두 없어진다. 익히고 배워도 마음이 통하지 않는 때도 이 바람을 만난 까닭에 마음이 명랑하고 밝아져 모든 이치에 통달하게 된다.

번뇌를 제거하며 마음을 치유하는 힐링 바람이 정토풍이며, 거기에서 한 걸음 더 나아가 모든 문제의 근본을 뿌리째

뽑아버리는 바람이 도풍이다.

　어쨌거나 바람의 본질은 유형이건 무형이건 멀리까지 또 많은 이에게 퍼지게 하는 것이다. 따라서 주변에 많은 영향을 끼친다. 영화도 전시회도 흥행 바람이 불어야 관객의 줄이 길어진다. 선거도 여(與)건 야(野)건 바람이 불어야 이길 수 있다. 이른바 '선거 열풍'이다. 그 바람을 차단해야 할 때는 '북풍' 같은 인위적인 맞바람을 일으키기도 한다. 물론 효과가 있을 때도 있고 없을 때도 있다. 옷에도 유행이 있고 음식에도 대세가 있다. 유행 바람을 만들어낼 능력이 있다면 이것은 일으킬 때마다 늘 대박이다. 물론 그러기 위해서 대중의 변덕스런 취향이나 원하는 수요를 재빨리 제대로 읽어내는 감각과 안목이 있어야 한다. 그렇지 못할 경우 빨리 그 바람의 꽁무니라도 뒤따라가야 본전이라도 건지는 것이 시장 세계의 생리가 아닐까.

연못을 메운 자리에 사찰을 짓다

明
해와 달, 산과 바람,
사람을 살게 하다

경남 합천 읍내에 댐이 생기면서 수몰된 마을 주민들을 위하여 새로운 동네가 만들어졌다. 행정구역명은 '봉산면'이다. 다른 묵은 동네와는 달리 그야말로 '새마을'이다. 또 해인사 사하촌을 지역민들은 '신부락'이라고 부른다. 해인사 일주문 앞까지 빼곡히 들어서 있던 가게들을 문화재 구역 정화 사업의 일환으로 한 곳에 집단 이주시키면서 새로 만든 마을이기 때문이다. 아무리 세월이 흘러도 그 동네는 영원히 '신부락'이다. 처음에는 일반명사로 불렸지만 시간이 지나면서 고유명사로 바뀐 까닭이다. 어쨌거나 동네를 옮긴다는 것은 예나 지금이나 작은 일이 아니다. 댐을 만들고 물을 채울 때도 주민들의 이주가 필요하지만, 반대로 기존 연못의 물을 빼내고 다른 용도로 사용하더라도 수중 중생들을 이동시켜야 한다. 그 과정에서 크건 작건 적지 않은 갈등이 발생하기 마련이다.

속리산 법주사에 머물 때 가장 좋았던 것은 경내에 계단이 거의 없다는 사실이었다. 평평한 운동장 같은 넓은 터가 이런 깊은 산속에 있다는 사실이 믿기지 않는다. 그 덕분에 노스님들이 머물기 좋은 도량이 된 것 같다. 나이 든 사람에게 계단을 오르내리라고 하는 것은 여간 버거운 일이 아니다. 팔만대장경이 보관된 장경각 입구와 큰 법당 앞의 깎아지른 듯한 해인사 계단을 보고는 이내 질린 표정을 지으며 계단 없는 우회로를 묻는 관광객 어르신에게 "별다른 방법이 없습니다!"라는 답변을 할 때마다 미안한 마음이 일어난다. 해인사는 산을 깎아 만든 사찰인지라 가파른 경사의 계단을 이용하지 않으면 이동할 수 없는 구조다. 산을 깎아 넓은 운동장 같은 평지를 만드는 작업은 삽과 곡괭이 그리고 삼태기만 있던 시절에 거의 불가능한 일이었기 때문이다. 이제 그 계단을 오르내리는 게 부담스럽고 또 평지가람에 사는 스님들을 부러워하는 처지가 되었다.

깊은 산속의 넓은 평지는 원래 연못자리였을 가능성이 높다. 물을 빼내고 바닥을 고르는 과정을 거쳤을 것이다. 가장 손쉽게 넓은 부지를 확보하는 비결이기도 하다. 하지만 그

호수에 살고 있는 말 못하는 중생들에게 그것은 청천벽력 같은 사건이 아닐 수 없다. 당연히 저항이 뒤따랐을 것이다. 가장 뛰어난 수중 동물인 용을 앞장 세워 반대하는 형식을 취했다. 경남 양산 통도사 창건설화는 그 과정을 비교적 상세하게 보여준다. 연못을 사찰 부지로 만들려는 스님과 이를 반대하는 용이 팽팽한 대결을 벌인다. 어쩔 수 없이 살생을 피하기 위해 신통력으로 연못 물 온도를 높이는 방법을 선택했다. 얼마 후 "어마! 뜨거워라" 하고 용들이 도망가기 시작했다. 하지만 마지막까지 남는 용이 있었다. 자세히 살펴보니 눈먼 용이라 도망갈 수가 없었다. 할 수 없이 작은 연못을 만들어 그 용 한 마리가 살 공간을 만들었다. 현재 남아 있는 경내의 작은 연못인 구룡지九龍池가 그 전설의 흔적을 오늘도 말없이 증명하고 있다. 넓은 통도사 경내 역시 계단이 별로 없다는 사실은 이 전설로 뒷받침된다.

호수를 떠난 용들은 갖가지 재주를 부리면서 여기저기 자기 자리를 찾아갔다. 어떤 용은 지붕 위로 올라가 용마루 끝에 위엄 있는 용머리 기와로 자리 잡았다. 어떤 용은 법당 기둥을 감고서 승천하는 모습으로 자기 공간을 확보했다. 추위와 더위를 피하려고 처마 밑에서 머리만 내놓고 온몸을 법당 다락에 숨긴 얌체 같은 용도 있다. 법당 안에서 반야용선을 끌고 가는 일을 자청한 용은 아예 뱃사공으로 취직했다. 멀리 일주문 밖으로 나가 부도전에서 무거운 비석을 등에 올려놓고 평생 '노가다'의 길로 들어서기도 했다. 아예 용궁을 포기하고 한 평짜리 용왕각을 마련하여 단독주택으로 분가한 용도 더러 보인다. 새끼 용들은 계단의 소맷돌이나 수미단 혹은 우물반자 등 구석구석에서 손바닥만큼의 자리를 차지하는 것으로 만족하면서 있는 듯 없는 듯 살기도 했다. 시간이 흘러감에 따라 이렇게 위치와 모양을 달리해 함께 사는 구조를 통해 또 다른 생태계를 만들었다.

아난 존자의 제자인 말전지 비구는 연못가에서 좌선하기를 즐겼다. 앞이 탁 트인 눈 맛이 더없이 좋았고 늘 시원한 바람이 쾌적한 수행 환경을 만들어준 까닭이다. 선정에 든 그의 모습은 용왕마저 공경심을 낼 정도로 경건했다. 이에 반한 용왕이 식사 초청까지 하는지라 용궁의 영빈관까지 다녀왔다. 시간이 흐르면서 용왕의 스님 사랑은 더욱 커져만 갔다. 어느 날 깜짝 놀랄 만한 제안을 했다.

"물을 줄여 연못 터를 바치고서 작은 집을 만들 수 있기를 원합니다 縮水奉池 願充精舍."

물가에서 정진하기를 좋아하는 스님에게 호숫가 별장을 지어드리겠다는 말이다. 이 말을 들은 말전지 비구는 기뻐하기는커녕 저 많은 용의 가족들은 어떻게 살라고 물 평수를 줄이려는지 도대체 알 수 없다는 걱정스런 표정을 지었다. 그 속내를 알아차린 용왕은 다시 설명을 덧붙였다.

"연못 서북쪽에 따로 백리 남짓한 연못을 만들고 용과 그 식구 500무리가 새롭게 거주토록 하겠습니다 於池西北角 別創小池 可百餘里 龍與春屬五百 自新而居."

연못을 새로 만들고 대가족을 옮기는 작업이 쉬운 일이 아님에도 이를 자발적으로 하겠다는 신심 있는 용까지 등장시켜 말전지 비구의 주변에 대한 뛰어난 감화력을 전하고 있다.

도톤보리 거리에서 성철 스님을 떠올리다

일본 오사카의 번화가 시장거리 안에 법선사法善寺가 자리 잡고 있다. 상권의 중심지에 어울리는 황금색의 '금金'이라는 큰 글자가 법당 정면에 당당하게 새겨져 불상을 대신했다. 누군들 돈을 싫어하랴마는 이렇게 대놓고 '황금'을 전면에 내세우는 배포와 솔직함 앞에 그저 당황스러울 뿐이다. 불법을 수호하는 호법신장인 '금비라천왕'은 어느새 돈을 수호하는 신장이 되어 법당 천장에 걸린 백등에 검은 글씨 패찰을 단 채 도열해 있다. 이 절은 에도 시대부터 인근 상인들의 귀의처였다. 사업이라는 것은 시운時運이 따라줘야 한다. 운수라고 하는 것은 개인의 장사 수완과는 또 다른 영역이다. 틈나는 대로 들러 간절한 마음으로 재수대통을 기원한 후 삶의 전쟁터인 점포로 출전했다. 그 시절엔 사찰의 규모가 매우 넓었다고 한다. 하지만 주변의 금싸라기 땅은 자본의 논리에 따라 조금씩 조금씩 상가로 바뀌어갔다. 이제 도량 전체를 둘러보는 데 1분도 채 걸리지 않는 아담한 공간만 남았다.

법선사 경내에는 천일전千日殿이 있었다고 한다. 상인들에게 가장 인기 있는 법당이었다. 그 법당이 절 이름을 대신하며 한때는 천일사로 불렸다고 한다. 선남선녀들마저 약속 장소를 '천일 앞'으로 할 정도였다. 세월이 쌓여가면서 어느새 '천일 앞'은 고유명사가 되었다. 언제부턴가 절 앞이건 뒤건 옆이건 그 일대는 전부 '천일전千日前'이 되었다. 뒷날 전철역 이름까지 그렇게 붙여졌다. 그 시장거리 사방의 입구에는 모두 붓글씨로 쓴 '千日前'이란 나무 간판이 공중에 매달려 이정표 역할을 하고 있다. 운문 선사의 "보름 전 일은 묻지 않겠다. 15일 이후의 일을 한마디 일러보라"고 외쳤던 '날마다 좋은 날日日是好日'이란 법문이 생각났다. 하긴 상인들은 날마다 좋은 날이어야만 한다. 새로 낸 가게가 자리를 잡느냐 아니면 문을 닫느냐 하는 손익분기점의 기로가 보통 3년이라고 한다. 선사께서 다시 이 거리에 오신다면 이렇게 말씀하실 것 같다.

"천 일 전 일은 묻지 않겠다. 천 일 이후의 일을 한마디 일러보라."

견공의 눈에는 변만 보인다고 했다. 어찌 강아지뿐이겠는가? 누구든지 모든 것을 자기 시각대로 눈에 보이는 사물을 편집해서 바라보기 마련이다. 승려 눈에는 '도돈굴道頓堀'이라는 인파로 가득한 거리 이름이 무슨 토굴 이름처럼 보인다. '도道를 단박에頓 이루는 굴堀'이라고나 할까? 하긴 금강산 표훈사 근처에는 돈도암頓道庵이란 암자도 있었으니까.

선사의 어록은 늘 시정市井(도시)과 아란야阿蘭若(고요한 곳)가 다르지 않다고 했다. 도톤보리 거리를 배회하면서도 마음의 중심만 챙길 수 있다면 이 거리 역시 누구든지 수행 공간으로 환원할 수 있을 터이다. '도돈'이란 이름자에서 보듯 성철 스님께서 목소리에 톤을 올렸던 '돈오' 수행처로 이 거리를 강력 추천해야겠다.

땅바닥을 판 굴 속으로 물이 흐르는 인공운하는 1615년 완성되었으니 400년의 긴 역사를 자랑한다. 50여 명 정원인 작은 유람선을 타고 20여 분간 주변을 살펴보았다. 안내인은 약 길이 2.7km, 폭 30~50m, 깊이 5m라고 알려주었다. 알고 보니 '도돈'은 이 운하 건설을 주관한 사람의 이름이었다. 지역 상인들의 요청과 행정적 후원을 바탕으로 이룬 3년에 걸친 대역사였다. 경제는 물류가 근본이다. 상권이 넓어지고 규모가 커지면서 당시에 유통로를 성공적으로 확보한 것이 오늘날 이 거리를 상업 중심지로 자리매김한 기반이 되었을 것이다. 풍수학에서 물은 재물을 상징한다. 운하에 물이 흐르니 물류가 순조롭고 사람이 모이고 더불어 주변 가게의 개까지도 만 엔짜리 지폐를 물고 다녔을 것이다.

많이 걸었다. 그래도 시간이 남아 커피집으로 들어갔다. 입구에 '테이크 아웃'이란 큰 글씨 밑에 '타포打包'라고 부기했다. 거리를 가득 메우고 있는 '유커'를 배려한 것이리라. '타포'는 스님들이 먼 거리를 이동할 때 필수품을 담아 등에 지는 '걸망'을 말한다. 커피를 들고 다니면서 운하를 구경하려면 종이컵에 담아야 한다. 커피 잔을 걸망에 비유한 그 솜씨가 놀랍다. 그러고 보니 내 가방도 이미 타포였다. 한국에서 가져온 휴대용 UCC 봉지커피가 들어 있기 때문이다.

明
해와 달, 산과 바람,
사람을 살게 하다

선사의 어록은
늘 시정市井(도시)과 아란야阿蘭若(고요한 곳)가
다르지 않다고 했다.

도톤보리 거리를 배회하면서도
마음의 중심만 챙길 수 있다면
이 거리 역시 누구든지
수행 공간으로 환원할 수 있을 터이다.

내 것인 동시에 남의 것인 공간

明
해와 달, 산과 바람,
사람을 살게 하다

들꽃갤러리를 표방하고 야생화를 기른다고 했다. 가야산 골짜기에 살고 있는 내 귓가까지 들릴 정도이니 한적한 교외에 넓은 농원과 함께 멋들어진 건물일 거라고 상상했다. 하지만 도착한 곳은 대구 시내 수성구 한복판 주택가였다. 개량형 벽돌 기와집 마당에는 잔디가 깔리고 가장자리에는 띠풀을 위주로 한 들꽃을 아기자기하게 배치하였으며 열정적인 여름 능소화가 길 밖으로 출렁거렸다. 사실 남의 손 빌리지 않고 내 힘으로 관리할 수 있을 때 비로소 내 공간이 된다. 그래서 작은 것이 아름다운 법이다.

집 담장과 이어진 노출 콘크리트 벽면에 전시회를 알리는 작은 홍보물이 붙어 있다. 인기척을 하자 나무 대문이 저절로 밀리면서 한 사람이 지나갈 정도의 진입로를 겸한 좁고 긴 어두운 골마루가 나타났다. 노출 콘크리트 건축의 원조인 안도다다오식 건물에서 흔히 접하는 광경이다. 고베神戸 '물의 사원'은 긴 곡선형 골마루를 돌아내려가 법당에 도착했던 기억이 새록새록 났다.

권투선수 출신인 그는 독학으로 건축을 공부했다. 평지돌출형 천재였지만 학맥과 인맥이 없는 문외한인 탓에 수많은 공모전에서 낙선을 거듭했다. 하지만 권투선수답게 끝까지 포기하지 않고 마침내 자신만의 독특한 건축 세계를 완성한 입지전적인 인물이다. 노출 콘크리트와 '빛과 물 그리고 바람'이 그의 콘셉트였다. 이제 어디서나 '안도 풍'의 건물을 만나는 것이 어렵지 않을 정도로 대중화되었고 그 역시 세계적인 건축가로 자리매김했다. 제주 '본태박물관'과 원주 '뮤지엄 산' 등이 그의 작품이다. 우리나라에서도 그의 강연회와 작품을 찾아다니는 마니아층이 형성될 정도로 유명인사가 되었다.

긴 골마루 모퉁이를 꺾어 돌아서니 기다란 시멘트 의자 앞에 '물과 빛 그리고 바람'과 함께하는 스무 평 정도의 작은 공간을 만났다. 이층 높이의 터진 천장 아래 두 평 넓이에 한 자 정도 깊이로 연출한 직사각형 연못에는 비가 올 때면 빗방울이 튀고, 밤이면 별빛이 쏟아지는 광경을 만날 수 있다

고 했다. 이번 전시회 특성상 천장을 막은 탓에 바람과 빛을
만날 수 없으니 다시 한 번 들러달라고 한다. 설사 비오는 밤
에 오더라도 별빛은 볼 수 없을 터이니 최소한 두 번은 더 와
야 이 집을 제대로 볼 수 있을 것 같다. 대구 시내 건들바위
근처 유명 사찰의 차실에서 만난 사진작가 준초이의 반가사
유상 사진(판매용으로 축소하여 제작한 것)을 구입한 곳이 이 갤
러리라고 들었던 기억까지 떠올랐다. 그때 반가사유상 사진
단 한 점만 전시했다고 한다.

일본 도쿄대학교 출신인 바깥양반은 경북대학교 교수를
정년퇴임하고 난 뒤 2008년 안주인을 위해 살던 집의 비닐
하우스 자리에 이 갤러리를 만들었다고 한다. 건축가 이현재
선생에게 작업을 의뢰했다. 물론 '싸고 독특하며 쓸모 있게'
를 요구했을 터이다. 완성 후 머슴 노릇을 하고 있노라고 너
스레를 떨었다. 머슴의 전공인 임학林學과 야생화 가꾸기와
사람 만나기를 좋아하는 집사람 취향과 맞아떨어진 결과였
다. "신랑이 부인을 위해 지었고, 또 헌정했다고 하는데 사
실이냐?"고 장난삼아 물었더니, "이 양반이 그렇게 소문을
내고 다닌다"는 답변이 돌아왔다.

하긴 짓는 것과 운영하는 것은 전혀 별개의 문제다. 처음엔 당신 욕심 때문에 지었을 것이다. 후에 (감당이 안 되어?) 부인에게 운영권을 떠넘긴 것이 아닌가 하는 의구심이 들었지만 그래도 두 분 사이에 묻어나는 정분을 보아하니 사실관계가 어찌되었건 그건 그렇게 중요한 일이 아니라 하겠다. 소화昭和 시대 교육을 받은 진갑을 바라보는 경상도 사내가 요즘 애들 표현대로 '상남上男(능력 있고 자상한 남자)'이라는 사실은 여전히 내심 물음표였지만… 곧 안주인표 커피가 나왔다. 가운데 마련된 나무 탁자에 앉아 오래된 벗처럼 두런두런 이런저런 얘기를 나누었다.

처음에는 '풀꽃갤러리 아소'라는 이름에 걸맞게 야생화 전시회 위주로 꾸려갔지만 차츰 지역사회에 입소문을 타면서 현대미술 작품 전시도 1년에 몇 차례 연다고 했다. 나만의 공간을 이렇게 주변에 회향하는 것도 참으로 아름다운 일이다. 아소我所는 '내 것'이라는 뜻이다. 이제 '내 것'인 동시에 '남의 것'이 된 것이다. 나와 남이 둘이 아니라고 여길 때 비로소 제대로 된 내 것이 되는 법이다. 오사카의 츠지辻調 조리 전문학교를 마친 아들이 운영하는 일식집 이름도 '아소 다이

닝'이다. 오는 손님마다 '내 집' 느낌이 들도록 만든다면 제대
로 된 이름값을 할 터이다.

자기를 돌아보는 쉼표를 찍는 공간이면서 동시에 힐링 공
간과 치유 공간을 추구하는 중년 부부와 아들의 아름다운 스
토리텔링이 어우러진 반나절 '아소 스테이'는 함께한 일행까
지 '내 집처럼' 만들어주었다.

사람이 살아야만 보존이 되는 집

明
해와 달, 신과 바람,
사람을 살게 하다

차茶 동호인들은 작년 가을 직접 덖었다는 차를 몇 봉지 들고서 해인사를 찾아왔다. 곁에는 달필 사인펜체로 '매율원차'라는 상표를 달았고 덖은 날짜까지 꼼꼼하게 기록했다. 답방 삼아 올봄에 영오당迎鰲堂으로 갔다. 안채 옆면에 눈썹 처마를 달아낸 공간에는 무쇠 솥이 두어 개 걸려 있다. 장작불을 다룰 만큼 프로가 아닌지라 가스 불을 들였노라고 미리 설명해준다. 집 뒤편으로는 대나무가 듬성듬성 긴 담처럼 둘러섰고 한편에는 차나무가 자리 잡고 있다. 당주 어른은 기존의 수십 년 된 고가를 손봐서 사랑채로 사용하고 있었고, 살림집인 안채는 몇 년 전에 새로 지었다고 했다. 잔디마당과 장독대 그리고 새 정자까지 어우러져 손때가 묻기를 기다리고 있다.

당호의 기원은 안산案山이 오산鰲山(자라 모양의 산)인 까닭이다. '오산을 맞이하는 집'에서 비롯되었다. 존경하는 어른이

은퇴하여 무등산 자락을 끌어안는 자리에 거처를 마련하면서 '영서당迎瑞堂'으로 명명했다고 한다. 무등산의 또 다른 이름이 서석산이다. 주상절리인 서석대라는 명소를 품고 있다. 그 작명 방식을 그대로 빌려왔다. '오鰲'자는 어려운 글자이다. 한국 최초의 소설이라는 평가를 받은 설잠 김시습의《금오신화》의 산실인 경주 남산의 이명도 '금오산'이다. 누구든지 옥편에서 그 글자를 찾아봐야 할 만큼 흔한 글자는 아니다. 한문에 생경한 뒷 세대에게는 더 말할 것도 없다. 그래서 과감하게 '오吾' 자로 바꾸었다. 누구든지 이 집에 오면 타인이 아니라 내吾가 된다. 즉, 누구나 주인이 된다는 의미라는 해설을 붙여주었다. 그래서 손님과 주인을 구별하지 않는 집이라고 했다. 임제 선사의 빈주불이賓主不二를 추구했다. 진정한 빈주불이는 주인과 객이 서로 주인과 객이라는 사실조차도 잊어버리는 빈주쌍망賓主雙忘이 되었을 때야 비로소 가능한 경지이기도 하다.

물론 퇴근하면 '주인인 나를 늘 반갑게 맞이해주는 집'이기도 하다. 조금 멀긴 하지만 교통체증이 없어 인근 도회지에 자리 잡은 대학까지 오고 가는 데 별다른 어려움이 없다 한

明
해와 달, 산과 바람,
사람을 살게 하다

다. 밤길에는 고라니를 만날 정도로 한적하고 운치 있는 길이다. 직장 근처 아파트에 살다가 층간소음을 이겨내지 못하고 결국 이사를 결심했다고 한다. 본래부터 아파트보다는 단독주택을 선호했던 성정도 한몫했다. 지리산을 뒤에 두고 섬진강이 앞에 흐르는 금환낙지金環落地(금가락지가 떨어진 자리)의 명당을 눈여겨 봐두고 있던 참이었다. 강의 북쪽을 양陽이라고 한다. 그래서 한수 이북의 땅을 한양漢陽이라고 했다던가. 물론 볕이 잘 들었을 것이라는 사실은 불문가지다. 더불어 도선 국사께서 풍수 이론을 연마한 곳이라는 스토리텔링까지 합해진 곳이라 더욱 마음에 들었다.

이 자리의 터를 만나기 전부터 유명 고택인 전남 구례 쌍산재雙山齋를 자주 찾았다고 한다. 어귀에 있는 '당몰샘'이라는 명천名泉 때문이다. 차를 좋아하다 보니 좋은 물을 찾게 되고 좋은 물을 찾다 보니 이곳을 분주하게 드나든 것이다. 소문만큼 양명하고 물이 좋았다. 당연히 장수마을이기도 했다. 물 때문에 왔다가 곁의 쌍산재 주인을 만났고, 안면을 트게 되었고, 급기야 이제는 같은 동네의 주민이 된 것이다.

일행과 마실 삼아 종갓집 쌍산재를 찾았다. 해주 오씨 집
안의 젊은 종손은 큰 키에 안경 너머 큰 눈이 반짝이고 있었
다. 6대로 이어온 200년 된 집안을 안내해주었다. 자연석 돌
계단을 따라 올라가니 입구의 살림집보다도 더 아늑한 넓은
공간이 나타났다. 크게 인공미를 더하지 않은 자연스런 한국
식 정원이 펼쳐진다. 압권은 쪽문을 열고 나간 후에 펼쳐진
작은 저수지의 풍광이다. 두루두루 사람들이 좋아할 만한 조
건을 갖춘 한옥 저택이었다. 하지만 한옥은 사람이 살아야만

明
해와 달, 산과 바람,
사람을 살게 하다

보존이 되는 집이다. 지주 제도를 지탱해오던 대가족 체제
는 해체되었고, 핵가족의 대세는 종가라고 예외가 될 수 없
었다. 할 수 없이 집을 보존하기 위한 고육지책으로 '한옥 스
테이'를 시작하게 되었다. 한옥 스테이라는 말조차 없던 시
절에 집 뒤쪽을 달아내어 화장실과 세면장을 설치했고, 사람
들이 편리하게 머물도록 여타 시설도 함께 갖추었다. 따지고
보면 한옥 스테이 원조 격인 집이기도 하다. 지금은 템플 스
테이만큼이나 한옥 스테이도 저변화되었다.

다시 영오당으로 돌아오는 골목길에서 본 동네 우편물 문패는 특이했다. 이름 뒤에 괄호를 하고서 '사위'라고 부기했고, 안주인 이름 뒤에도 '○○ 댁'이라는 택호를 빠트리지 않는다. 혈연을 이어가는 것도 중요한 일이지만 가업을 이어가는 것도 그 못지않음을 말없이 보여주고 있다. 어렸을 때 명절에 큰집에 가면 친인척들에게 불리는 숙모의 택호는 '신동新洞 댁'이었다. 외가가 '신기新基 부락'인 까닭이다. 우리말로 하면 '새마을'쯤 될 것 같다. 6·25 때 피난을 다녀왔더니 동네가 불타 없어졌다고 했다. 그래서 마을을 아예 양지바른 터로 옮겨 새로 만든 까닭에 붙여진 이름이라는 설명을 들었던 기억이 새록새록 떠올랐다. 더불어 숙부도 고향 어른들은 '신동 양반'이라고 호칭했다. 그 시절에는 별로 유명하지 않은 평범한 아낙네의 신랑도 '누구의 남편'으로 불렸다. 씨족사회의 '가부장제도'라는 엄격한 강령 속에서도 여인 중심의 또 다른 질서가 있었던 것이다.

팽주에게 4명 이상의 손님은 버겁기 마련이다. 10여 명 남짓의 손님 아니 주인들에게 당주가 '노동처럼' 바삐 뽑아주는 여러 종류의 차를 음미하였다. 차 자리를 파한 이후에 이루

어진 한옥 스테이의 절정은 안채 다락방 공개였다. 간명하면
서도 특이한 상량 글이 유독 눈에 띄었다.

하늘과 땅과 사람이 함께
아름답고 복된 집이 되기를 원하옵니다.
願以天地人 共爲美福堂

해가 지고 주변은 이미 어둑하다. 역사를 전공하는 학자
답게 서재에 따로 붙인 '고금학려古今學廬(옛과 지금을 공부하는
곳)'라는 작은 편액을 뒤로 하고서 아쉽지만 대문을 나섰다.
템플 스테이와 한옥 스테이를 함께할 도반이 기다리고 있는
경남 남해 용문사로 발걸음을 재촉했다.

바위가 많은 산으로 가라

明
해와 달, 산과 바람,
사람을 살게 하다

조계사 불학연구소에 있을 때 처음 조용헌 선생을 만났다. 선생은 아무런 약속도 없이 전화 한 통 후, 불쑥 등장한 것이다. 서울에 볼일이 있어 왔다가 내려가는 길에 잠시 들렀다고 했다. 연재하고 있는 칼럼과 몇 권의 저서를 이미 읽은 터라 전혀 낯설지 않았다. '강호동양학'의 동호인으로서, 그리고 글 팬으로서 저자를 직접 만나는 일은 어쨌거나 기쁜 일이다. 그리고 또 몇 년이 흘렀다. 몇 달 전에 또 전화를 받았다. 졸작 《집으로 가는 길은 어디서라도 멀지 않다》를 잘 읽었다는 인사였다. 그 책 속에 선생의 말씀도 몇 마디 인용한 것을 매개로 대화를 나누며 서로 공치사가 오갔다. 8월 초순에 출판사에서 신간이 배달되었다. 조용헌 선생의 《휴휴명당》이었다. '도시인이 꼭 가봐야 할 기운 솟는 명당 22곳'이라는 부제가 붙어 있다. 명당의 생생한 느낌을 전달하는 사진과 전통 민화는 읽는 맛을 더한다. 책장이 순식간에 넘어가 이틀 만에 완독했다.

30년을 절집에 살면서 기운 솟는 명당을 찾아가야겠다는 생각을 처음 한 것은 8년간의 수도승 생활을 마감할 무렵이었다. '소진이 이런 거구나' 할 만큼 기진맥진한 상태가 계속됐다. 출근 후 하루를 버틸 수 없을 만큼 기운이 달렸다. 일이 무섭고 업무로 사람이 찾아오면 짜증부터 났다. 자가 진단을 해보니 복잡한 서울을 떠나야 한다는 결론이 내려졌다. 문제는 그다음이었다. 기를 충전하려면 어디로 가야 하는가? 갑자기 조용헌 선생의 "바위가 많은 산으로 가라!"는 말씀이 생각났다. 평소의 독서가 문제해결의 실마리를 준 것이다.

도시에 살면서 이것저것 벌려놓은 일들이 서울을 떠난다고 한순간에 정리되지는 않았다. 본사인 해인사와 정기적인 인연도 염두에 두어야 했다. 두 공간을 원활하게 오갈 수 있는 중간 지점을 선택하는 것이 정답이었다. 대한민국 지도를 펼쳤다. 두 가지 조건을 만족시키면서 또 기운을 솟게 하는 바위산을 찾았다. 낙점한 곳은 충북 보은 속리산이었다. 다행히도 법주사에는 내가 머물 수 있는 빈자리가 있었다. 그렇게 둥지를 틀었다.

明
해와 달, 산과 바람,
사람을 살게 하다

절 마당에는 바위덩어리가 빙 둘러져 있었다. 문장대 가는 길은 바닥마저도 전부 바위였다. 시간만 나면 등산을 하고 돌문 사이를 산책하며 살았다. 또 바위 위에서 땀을 식히며 아무 생각 없이 애들 표현대로 '멍때리며' 한동안 앉아 있기도 했다. 방전된 건전지가 충전되듯 하루하루 몸 기운이 서서히 회복되었다. 그리하여 1년 만에 탈진 상태에서 완전히 벗어날 수 있었다. 하지만 《휴휴명당》 목차에는 '나의 명당' 속리산이 빠져 있어 약간 서운했다. 그 대신 속리산 줄기라고 할 수 있는 인근의 괴산 환벽정環碧亭을 올려놓았다. 그런데 그때는 가볼 생각을 못했다. 기가 강한 곳임을 몰랐기 때문이다. 진즉 이 책이 나왔더라면 환벽정을 오가면서 더욱 급속 충전을 할 수 있었을 터인데 아쉽다. 조선 후기 노론 세력이 300년간 집권할 수 있었던 것은 이런 명당을 찾아 '호연지기浩然之氣'를 연마했기 때문이라고 저자는 주석까지 달아놓았다.

전남 장성 백양산 약사암은 흰색 바위 절벽의 중간쯤에 위치하고 있다. 약사암에서 100m가량 떨어진 곳에 영천굴靈泉窟의 약수는 천년 동안 민초들의 병을 고쳐준 역사를 자랑하는 신령스런 샘물로 소개했다. 그 이유는 흰 바위의 기를 듬뿍 머금은 물이기 때문이다. 이 부분을 읽을 때, 몇 년 전 열반하신 법전 은사 스님을 떠올렸다. 언젠가 영천 굴에서 기도한 일을 들려주셨기 때문이다. 대동아전쟁 때 징집을 피하기 위해 당신께서 숨어 기도한 곳이었다. 젊은 사람은 스님이건 민간인이건 가리지 않고 무조건 끌고 가던 시절이었다. 기도를 회향하는 날 절 마당에 당시로서 매우 귀한 승용차가 들어오는 꿈을 꾸셨다고 했다. 그 현몽 때문인지 징집을 피할 수 있었다. 해방이 왔기 때문이다. 승용차는 광복을 상징한 물건이었다.

22곳의 기운 솟는 명당의 대부분이 절집이다. 템플 스테이도 이 책의 논리대로 하자면 결국 기를 충전하기 위함이라 하겠다. 성지순례도 마찬가지다. 그동안 절집에서 먹은 밥그릇 수가 만만치 않은 까닭에 대부분의 명당에서 알게 모르게 이미 기를 충전받은 셈이다. 이제 욕심을 더하여 절집을 제외한 가보지 못한 서너 군데 명당의 기까지 보태야겠다고 마음먹었다.

한강 임진강 예성강이 합해지는 파주 교하리와 김제 학성 강당, 계룡산 향적산방은 일부러 시간을 내서라도 꼭 들러봐야겠다. 내친 김에 저자의 토굴인 휴휴산방까지 덤으로 끼워 넣을 예정이다.

물이 모이는 자리는 풍요롭다

明
해와 달, 산과 바람,
사람을 살게 하다

선종의 중흥조 육조혜능 선사는 물에 민감했다. 물 좋은 자리를 찾아다녔다. 중국 광동성 소주韶州의 조씨 집성촌인 조후촌曹候村 앞을 흐르는 냇물 이름은 조계曹溪였다. 물에 마음을 빼앗겨 그 자리를 잡았다. 계곡도 좋아야 하지만 우물도 좋아야 한다. 그런데 우물이 없다. 수맥이 흐를 만한 자리에 지팡이를 꽂았다. 샘물이 콸콸 솟구쳐 올랐다. 그 물에 맨 먼저 스승에게 물려받은 가사를 빨았다고 한다. 냇물과 샘물이 어우러진 자리의 남화선사南華禪寺는 천년의 역사를 통해 오늘까지 활발한 활동을 이어가고 있다. 산문의 '조계'라는 편액이 당시의 역사를 말없이 전해준다. 조계종은 냇물 이름에 그 기원을 두고 있다.

많은 대중의 수행과 기도를 위해선 무엇보다 물이 좋아야 한다. 그래서 절 이름에는 계곡물 '계溪·磎·谿'자가 흔하다. 경북 대구 팔공산 파계사把溪寺는 '계곡물을 쥔 절'이다. 물 욕심이 많은 절은 두 계곡을 끼고 있어야 한다. 그래서 경남 하동 지리산과 충남 논산에는 '쌍계사'가 자리 잡았다. 6·25를 거치면서 폐사되긴 했지만 김천 증산면에도 쌍계사 터가 남아 있다. 인기 있는 절 이름이 된 '쌍계'는 혜능 선사 시절의 '냇물과 샘물이 합해진 땅'이라는 의미로 신라의 후학들이 받아들였기 때문일 것이다.

어디 절집뿐이겠는가? 마을의 집도 물이 좋아야 한다. 강물이 모이는 자리에는 어김없이 풍요로운 마을이 들어섰다. 북한강과 남한강이 만나는 작은 마을 양수리는 많은 사람이 찾는 명소가 되었다. 자생 풍수전문가 최창조(전 서울대학교 교수) 선생은 임진강과 한강이 어우러지는 파주 교하 지역이 '통일한국의 도읍지'라고 주장했다. 강호동양학자 조용헌 선생은 한강, 임진강, 예성강이라는 3개의 큰 강이 모인 자리에 핀 꽃이 강화섬이라고 했다. 이 지역의 특산물인 약쑥, 순무 등은 강화 다리만 건너오면 그냥 '약발이 뚝 떨어지는' 평범한 쑥과 무로 바뀐다. 대가의 이야기는 귓전으로 흘려들을 일이 아니다.

4개의 큰 강을 가진 지역 특성이 지명에 온전히 반영된 경우는 중국의 사천성四川省일 것이다. 하지만 많은 강물은 축복인 동시에 재앙이었다. 특히 3개의 강이 만나는 지점의 잦은 홍수는 국가적 골칫거리로 떠올랐다. 이에 당나라 해통海通 스님은 낙산대불樂山大佛을 조성하여 문제를 일거에 해결했다. 불상을 모시는 과정에서 나온 많은 바위들을 물살이 센 강바닥에 깔아놓는 자연 공법을 사용한 것이다. 그리하여 홍수 피해와 안전 기원이라는 두 마리 토끼를 동시에 잡았다. 안목과 실천력을 겸비해야만 중생에게 구체적으로 도움이 되는 법이다. 양수, 삼강, 사천 등 모든 물의 종착지는 오대양이다. 오대양의 물은 하늘로 올라간다. 은하수가 되어 머물다가 어느 날 비로써 일물一水이 되어 다강多江으로 다시 흐른다.

어쨌거나 '두 물'은 더러 있어도 '세 강'이 모이는 자리는 흔치 않다. 그래서 내성천, 금천, 낙동강이 만나는 경북 예천 삼강리를 일부러 찾게 되었다. 강도 강이지만 교통의 요지에는 뭔가 그 자리에 어울리는 사람 냄새가 남아 있어야 한다. 주막酒幕이 제격이다. 삼강 주막은 조선 '최후의 주막'과 '최후의 주모'라는 가치를 인정받아 경북민속자료 134호로 지정받았다. 마지막 주모 유옥련 할머니의 흔적이 사진과 함께 건물의 부엌 벽에 '선으로 그어진 외상 장부'로 남아 있는 곳이기도 하다.

　세 물이 모이는 마을이니 물 다스리는 기술이 부족한 시절에는 물난리를 자주 겪어야 했다. 대홍수 때 결국 동네가 전부 떠내려갔다. 이후 인근의 높은 지대로 아예 마을을 옮겼다. 하지만 주막은 옮기면 그 기능을 잃는다. 같은 자리에서 유실과 재건을 거듭했다. 이제 현대 기술로 주변에 둑을 쌓고 산책로를 만들고 보부상 숙소, 사공 숙소, 장터 등을 동시에 복원하여 그 옛날 낙동강 물류 중심인 주막 마을을 재현하는 공사가 한창이다.

　삼강에 어울리게 우리도 3명이다. 새 주모(?) 얼굴은 대면하지 못한 채 일행인 B여사가 셀프로 서빙해온 장터 시골 국밥으로 점심을 해결했다. 사공 숙소의 벽은 낙서투성이였다. 삼강 주막 본채 마루에 앉아서 함께 찍은 휴대폰 사진을 앞에 두고서 A거사는 만화가처럼 우리의 '인증샷'을 벽에 쓱쓱

그렸다. 낙서 위에 그림이 더해졌다. 그 작업이 끝난 후에야 비로소 점심상을 물릴 수 있었다.

환경오염 때문에 모두가 물에 민감한 시대가 되었다. 생수 시장은 팽창을 거듭하며 날로 그 소비 영역을 넓혀가고 있다. 크게 내세울 것 없는 덕유산 자락의 어느 자그마한 사찰은 '물 좋은 절'이라는 홍보 글을 승합차에 붙이고 다닐 만큼 좋은 물이 경쟁력이 된 시대에 살고 있다.

꿈꾸는 집

明
해와 달, 산과 바람,
사람을 삶게 하다

땅 이름조차 안의安義(경남 함양)였다. 지명으로 굳어지기까지는 여러 지역의 행정적 통폐합의 역사가 있었겠지만 글자 그대로 해석해도 좋을 것 같다. 대의명분義이라는 꿈을 두고安 살던 동네였다. 멀지 않은 곳에 평생 '선비의 꿈'을 위해 살았던 사림파의 대부 남명 조식 선생의 흔적인 덕천서원(산청 시천)이 남아 있고, 큰 꿈을 안고서 문경 봉암사 결사를 이끈 퇴옹 성철 스님의 생가인 겁외사(산청 단성)도 있다. 해방 전후 이상 사회를 꿈꾸던 사람들의 모임인 전국 아나키스트대회가 인근 용추사(함양 안의)에서 열렸다고도 전한다. 6·25 무렵 안의 중·고등학교가 지역 유지들에 의해 세워졌으니 이 역시 꿈의 또 다른 표출이라 하겠다. 혼자 꾸면 꿈으로 그치지만 여럿이 꾸면 현실이 된다고 했던가. 이래저래 이 지역은 여러 유형의 이상주의자들의 꿈의 성지인 셈이다.

안의 출신인 이 시대 몽중인夢中人 종림 스님(고려대장경연구소 이사장)의 꿈꾸는 집인 '고반재考槃齋'를 찾았다. 몇 가구 살지도 않는, 덕유산과 지리산이 만나는 넓은 자락에서 일 만 평쯤 차지하는 작은 분지 마을이었다. 경운기 한 대가 겨우 지나가는 길이 유일한 진입로인 그야말로 천옥天獄이다. 칠순이 넘은 나이에 어릴 때 떠났던 고향 땅으로 다시 들어와 스스로를 가둔 셈이다. 그때나 지금이나 늘 유토피아를 꿈꿨다. 몽중설몽夢中說夢이라고 했다. 꿈속에서 꿈을 설한다는 말이다. 잡을 수 없기 때문에 꿈이라고 하지만 또 그 꿈으로 인하여 스스로를 늘 변화시킬 수 있었다. 그것만 해도 꿈은 그 자체로 공능功能을 가지노라고 꿈 예찬론을 늘어놓는다. 어쨌거나 그 꿈은 공空, 즉 변화의 도리를 제대로 가르쳐준 또 다른 선지식이었다.

인류의 스승 공자 역시 주변인들로부터 이루지도 못할 꿈을 좇는 몽상가라는 비아냥을 감수해야 했다. 짧게 보면 비난일지 모르지만 길게 보면 결국 찬탄이다. 어쨌거나 힘들 때마다 죽간을 묶은 가죽 끈이 세 번씩이나 떨어질 정도로 대나무에 글자가 새겨진 옛 책을 거듭거듭 읽었다. 책을 통해 위로받고 또한 '요순 시대 유토피아 건설'이라는 꿈을 버리지 않을 수 있었다.

어느 날 《시경》〈위풍〉을 읽다가 문득 '유토피아 고반'을
발견하고는 장탄식을 했다. "내가 〈고반考槃〉이라는 시 속에
서 세상을 피해 사는 선비들의 번민하지 않는 삶을 보았다."

후학들은 〈고반〉에 대한 해설을 달았다. 고考는 이룬다成
也는 뜻이고, 반槃은 즐거움樂也이라고 새기면서 '군자의 즐거
움' '도의 즐거움'이라는 의미로 받아들였다. 또 고考는 두드
린다敲也 반은 그릇 반盤也, 즉 '양재기를 두드리면서 장단을
맞추고 논다'고도 했다. 어쨌거나 둘 다 안빈낙도를 추구하
는 삶이었다.

종림 스님은 '고반' 분위기를 이 시대에 재현하고자 했다.
물도 산도 좋은 곳이 아니다. 볼거리가 아무것도 없다. 어쨌
거나 그저 혼자 머물 곳, 혼자 몰두할 수 있는 곳이라는 의미
를 살려야 했다. 도서관을 겸하는 책 박물관 용도로 지어진
제법 규모를 갖춘 건물이었다. 시멘트와 철골로 이루어진 통
으로 된 복층이다. 위층에는 수다를 떨 수 있는 널찍한 누마

루방이 자리 잡았다. 집들이 삼아 가야산에서 동행한 이들과 넓은 창문으로 들어온 겨울 햇살을 안고서 이런저런 잡담을 나누기에 안성맞춤이다. 같이 일하던 목수가 책꽂이 만들 판재를 켜다가 손을 다쳐 현재 실내 작업이 중단된 상태라고 한다. 뚫려 있는 아래층을 내려다 보니 책은 박스조차 뜯지 못한 채 여기저기 흩어져 있다.

아직 부엌이 미완성인지라 단골이라는 식당에서 점심을 해결해야 했다. 맵고 짜고 게다가 제피_{산초}까지 듬뿍 뿌려진 '왜~한' 맛을 자랑하는 전형적인 경상도 시골 음식이 나왔다. 대세를 따라가는 퓨전과 개량을 거부한 주인 아지매의 고집이 느껴지는, 어릴 때 먹던 바로 그 맛이었다. 마음이야 그 맛에 당겼지만 이미 바뀐 몸은 결국 원초적 국물 맛을 소화하지 못한 채 국수 건더기만 앞 접시로 옮겨서 먹어야 했다.

어눌한 말투가 계속 이어졌다. 그동안 절집에서 대장경 전산화 등 많은 일을 벌였고 또 나름대로 밥값을 했다. 이제 한 생을 회향할 나이가 되니 여럿이 힘을 모아야 하는 공동 작업은 여러모로 버겁다. 그래서 혼자 할 수 있는 소일거리

明
해와 달, 산과 바람,
사람을 살게 하다

를 찾았다. 이제 꿈을 펼치는 곳이 아니라 꿈을 묻을 만한 장소가 필요했다. 그건 은둔이다. 덕분에 이제 고반재에서 '고반'의 맛을 제대로 음미하게 되었노라고 흐뭇해한다. 돌아와 '고반' 글을 찾았다. 비슷한 느낌의 3편 가운데 마지막 시를 가만가만 읽었다.

> 황량한 땅에 살면서도 나름의 즐거움을 찾았으니
> 이는 대인의 머묾이로다.
> 홀로 자고 깨어나고 눕는
> 이 즐거움을 절대로 주변에 알려주지 않으리라.
> 考槃在陸 碩人之軸
> 獨寐寤宿 永矢弗告

공空은 좋은 것이다

明
해와 달, 산과 바람,
사람을 살게 하다

합천 가야산 들머리에 갤러리와 개인 작업실을 함께 가진 화가 부부가 찾아왔다. 방안에 앉자마자 병풍을 보더니 "김양수 화백 작품이네!" 하면서 첫 마디를 내뱉는다. 수많은 사람이 이 방을 드나들며 '그림 좋다'는 덕담은 많이 들었지만 작가 이름까지 들먹인 경우는 흔치 않다. 역시 고수끼리는 서로 알아보는 법이다. 전문가답게 병풍 유래까지 설명이 일사천리로 이어졌다. 전쟁으로 날밤을 지새우던 시대에는 여러 개의 '자루 없는 도끼' 문양이 병풍 그림의 주제였다고 한다. 전장에서 왕이나 장군의 권위를 상징하는 뒷 배경의 장식품으로 사용했기 때문이다. 그 시작은 무인武人용인 셈이다. 전쟁이 일상인 시대가 마무리되면서 병풍의 그림은 순해지고 글씨 등 소재도 다양해졌다.

8폭 병풍은 2008년 해인사 구광루에서 열린 '김양수 화백 전시회'에 나온 작품이다. 워낙 대작이라 마지막 날까지 소장하겠다는 주인이 나타나지 않았다. 이 병풍은 8할 이상이 여백으로 처리된 그야말로 소병素屛에 가까웠다. 아래쪽 2할 은 군데군데 옅은 황토색을 입히긴 했지만 주로 먹의 농담을 이용한 산수화였다. 한때 사찰의 월간지 만드는 일을 하면서 작가에게 몇 년 동안 신세진 것이 많아 빚을 갚고자 하는 마음으로 '원가(?)'에 구입했다. 하지만 당시에는 한 칸짜리 방에서 머물렀기 때문에 펼쳐두고 음미할 만한 공간적 여유가 전혀 없었다. 어쩔 수 없이 포장을 풀지 않고 암자 한 편에 밀쳐두었다. 그렇게 잊고서 떠돌아다닌 세월이 강산이 바뀔 만큼 되었다.

두어 해 전 해인사 적묵당으로 몸을 옮기게 되었다. 그 방은 세 칸짜리 큰방이었다. 마루를 통해 방문을 열면 정면에 고방과 세면장이 나란히 붙어 있다. 그런 까닭에 한쪽 벽면은 전부 문이었다. 그것도 한식과 양식이 반반씩이다. 그 부조화가 엄청 눈에 거슬린다. 어떻게 무엇으로 가릴 것인가? 그때 섬광처럼 그 여덟 폭 병풍이 생각났다. 우선 포장 겉면에 쌓여 있는 먼지부터 털어냈다. 그다음 유물을 발굴하듯 조심조심 끄집어내 가만가만 펼쳤다. 습기를 약간 머금고 있는 듯하여 하루 정도 거풍 과정을 거쳤다. 그러고 난 뒤 펼쳐 자리를 잡았다. 그야말로 제자리다. 그 앞에 놓인 차 탁자와 더불어 잘 어울린다. 오는 사람마다 "다실 분위기 괜찮다"는 말을 보태준다. 무엇이건 시절과 인연이 제대로 맞아떨어져야 제 빛깔이 나는 법이다.

그해 여름은 바람이 매우 심했다. 그럼에도 늦더위에 앞뒷문을 모두 열어두었다. 바람 지나가는 소리와 함께 뭔가 쿵 하는 소리가 났다. 병풍이 넘어져 차 탁자 위로 쓰러진 것이다. 화들짝 놀라 일으켜 세우고는 모든 문을 황급히 닫았다. 탁자 위에 미처 치우지 못한 차 도구들도 깨진 것 없이 무사했다. 안도하며 다시 살펴보니 다관의 뚜껑이 보이지 않았다. 한참 동안 여기 저기 있을 만한 곳을 뒤졌다. '도대체 어디다 두었지?' 건망증을 탓하다가 고개를 들어 병풍을 쳐다보았다.

"저게 뭐야?"

하늘의 태양처럼 병풍 그림의 빈 허공에 뭔가 붙어 있다.

헐! 다관 뚜껑이다. 조심조심 떼어냈다. 이미 병풍에는 구멍이 났다. 내 가슴에 구멍이 난 것만큼 쓰라렸다. 병풍이 쓰러지면서 다관을 덮쳤고 그 다관 뚜껑이 병풍에 박힌 사실을 모른 채 얼마의 시간을 보낸 것이다. 다관 뚜껑 꼭지 탓에 안쪽으로 밀려난 종이를 바늘을 이용해 살살 앞쪽으로 끄집어내어 대충 구멍을 가렸다.

눈썰미 있는 방문객이 그 구멍의 연유를 물을 때마다 '쓰라린 가슴 아픈 사연'을 털어놓고는 함께 웃었다. 스토리텔링까지 가미되니 이야깃거리가 되고 또 그것으로 인하여 차 마시는 즐거움을 더해주니 상처 없는 병풍보다 훨씬 더 정감이 간다. 몇 년 동안 다락에서 새 것처럼 있다가 펼친 지 얼마 되지도 않았는데 벌써 중고가 되었다. 그만큼 나와 더불어 살아가는 이야기가 켜켜이 쌓인 까닭이다. 겨울에는 방안이 건조하고 뜨거운 탓에 더러 주름까지 보태졌다. 함께한 연륜이려니 하고 별로 개의치 않을 만큼 무덤덤해졌다. 생

明
해와 달, 산과 바람,
사람을 살게 하다

활 소품은 생활 속으로 녹아들 때 비로소 가치가 더해짐을 깨닫는다.

어쨌거나 사치를 금하는 절집에서는 금강경, 반야심경, 달마도 등 절제미가 강조된 흑백 병풍이 대세였다. 이즈음의 무지·무인양품은 광고와 포장을 가능한 한 생략하기 때문에 품질에 더 믿음을 준다. 병풍의 최종판은 소병素屛이다. 그림이나 글씨가 전혀 없는 흰 종이 바탕의 하얀 공백만으로 이루어진 병풍을 말한다. 보는 사람마다 각자 상상으로 자기만의 그림을 그려넣을 수 있다. 언젠가 마주쳤던 아무것도 없는 흰 종이 바탕의 테두리만 있는 빈 족자가 주던 감흥은 지금도 잊을 수 없다.

비석에도 백비白碑가 있다. 그 사람의 일평생 청빈을 어떤 언어로건 감히 나열하는 자체가 오히려 오염이기 때문에 비워둘 수밖에 없다. 그래서 텅 비어 있는 공空은 좋은 것이다. 해석에 대한 모든 가능성이 누구에게나 항상 열려 있기 때문이다. 누구건 자기만의 무언가를 채울 수 있는 까닭이다. 이 봄날 계곡 물소리와 푸른 산 빛이 주는 의미를 읽을 수 있다

明
해와 달, 산과 바람,
사람을 살게 하다

면 삼라만상이 모두 먹과 종이가 되는 '백경白經'이 된다는 이
치를 비로소 알게 될 것이다.

　　　나에게 있는 한 권의 경전은

　　　종이나 먹으로 만든 것이 아니다.

　　　펼치면 한 글자도 없지만

　　　언제나 지혜로운 빛을 내고 있구나.

　　　我有一經卷 不因紙墨成

　　　展開無一字 常放大光明

명당은 만들어진다

明
해와 달, 산과 바람,
사람을 살게 하다

비산비야非山非野라고 했다. 일주문을 들어서면 깊은 산속이요, 동구를 나서면 바로 저잣거리다. 가장 이상적인 수행 공간이요, 기도 터 풍수지리의 기본이다. 마을의 가장자리이면서 산언저리에 터를 잡았다. 탁발 다니기도 수월하고 법을 전하기도 용이하면서 수행하기 좋은 까닭이다. 더불어 이런 저런 걱정거리를 안고서 찾아오는 사람들의 접근성에 대한 배려도 있어야 한다.

오래전부터 새 절을 지을 때는 가능한 한 그런 자리를 선호했다. 하지만 산업화 시대를 거치면서 도시는 몇 십 년 만에 팽창에 팽창을 거듭했고 그 옛날 비산비야였던 절 자리는 어느새 도심 한가운데 섬으로 바뀌는 경우도 적지 않았다. 밤낮없이 번거로운 시정市井과 진배없는 공간이 된 것이다. 하지만 음이 있으면 양도 있기 마련이다. 대신 많은 사람이 찾는 '동네 절'로서 역할에는 더욱 충실할 수 있었다. 어쨌거나 천년 후까지 내다보면서 지속 가능한 비산비야의 명당자리를 고르는 것이 그리 만만한 일은 아니다.

　그 시절 경기도 의왕 청계산은 한양도성에서 멀리 떨어진 까닭에 산짐승 발자국만 듬성듬성 찍혀 있고 인적마저 드문 깊은 산골짜기인 그야말로 '비야'였다. 1970년대 이후 수도권으로 이천만 명가량의 인구가 모여들기 시작했다. 산은 깎여 나가고 하천은 메워지면서 시가지가 만들어졌고 아파트와 주택가와 상가가 세워졌다. 그야말로 '상전벽해'라는 말이 무슨 뜻인가를 제대로 보여준다. 더불어 오랜 세월 심산유곡이었던 청계산 입구까지 도시가 이어졌다. 앞으로는 고속도로가 지나가고, 그 곁에는 높다란 다리 교각이 새로 만들어지는 걸로 미뤄보건대 또 신작로가 더해질 모양이다. 그 와중에 절 입구까지 마을이 이어졌음에도 사찰 주변의 자연환경은 여전히 잘 보존되어 있다. 아이러니하게 절 자리는 어느새 비산비야의 명당자리로 변했다. 알고 보면 명당이란 고정되어 있는 것이 아니라 만들어지는 것이다. 그런 까닭에 세월이 흐르면서 더 좋아지는 터도 있고 더 나빠지는 터도 있다.

기록에 의하면 퇴락한 의왕 청계사는 800년 전 중창의 계기를 맞이했다. 중창주 조인규 거사는 평양 변두리에 생활 기반을 둔 평범한 집안 출신이었다. 하지만 그는 시대를 읽는 비범한 안목을 지닌 슬기로운 인물이었다. 원나라 힘이 고려에 미칠 무렵 몽골어를 공부하기 시작했다. 탁월한 통역 실력으로 고려 왕실의 신임을 얻었다. 하지만 이미 왕조는 기울어가는 석양이었다. 떠오르는 태양 조선왕조 창업 대열에 한 몸을 던졌다. 이 집안은 왕비를 3명 배출한 명문가로 성장했다. 거기에 더하여 유명 고승 2명까지 배출했다. 그리고 스스로 자字를 번뇌를 제거한다는 뜻의 거진去塵이라고 부를 만큼 불교의 가르침에도 심취했다.

그 시절 청계산은 평양 조씨의 문중 산이었던 것 같다. 그는 일찍이 청계산에 별장을 짓고 또 소당小堂을 지었다. 그곳에서 머리를 식히기도 하고 때로는 찾아온 문우들과 시를 읊조렸다. 목은 이색, 변계량 등의 시가 오늘까지 전해온다. 근처에 자리한 문중 사찰 격인 청계사에 대한 대대적인 불사까지 주도했다. 절 안에는 그의 사당을 따로 지을 만큼 큰 공덕주였다. 청계사 경내에 있는 보통 사람 키 높이만 한 오래된

사적비 앞에 섰다. 가람의 당우를 일신한 거진 거사의 업적에 대하여 돌아가신 지 300여 년 후, 후손이 촘촘하게 기록하여 세운 것이다. 두 손으로 안을 정도의 폭인 16세기 비석이다. 500년 동안 이 자리를 꿋꿋이 지켜낸 것이다. 최근에도 이 집안에서 사찰 진입로 확장은 물론 주변 경관을 위한 수림 조성에 기여한 공로를 기록한 공덕비가 더해졌다.

　꽃의 아름다움은 열흘을 넘을 수 없고, 권력은 10년을 지키기 어렵다. 삼대 이상 이어지는 부자 집안 역시 드문 것이 세속의 현실이다. 그럼에도 이 가문의 융성은 500년 이상 이어졌다고 한다. 언제나 시대의 흐름을 정확히 읽었으며, 해야 할 일이 있으면 과감하게 실천했고 이웃에도 아낌없이 베풀면서 더불어 종교적 공덕이 어우러진 결과라 하겠다.

明
해와 달, 산과 바람,
사람을 살게 하다

알고 보면 명당이란
고정되어 있는 것이 아니라
만들어지는 것이다.

그런 까닭에 세월이 흐르면서

더 좋아지는 터도 있고
더 나빠지는 터도 있다.

하늘을 이고 서 있는 비석

明
해와 달, 산과 바람,
사람을 살게 하다

사방이 희끄무레하게 밝아지기 시작했다. 약속한 일행과 합류했다. 하지만 북한산 국립공원 입구의 차단기는 내려진 채 요지부동이다. 연락을 했더니 7시에 개방한다고 했다. 얼마 후 승가사에서 운영하는 셔틀버스가 왔고 운전기사는 익숙한 솜씨로 차단기를 열었다. 겨우 차 한 대가 지나갈 정도의 시멘트 포장길이다. 군데군데 헐어버린 곳은 임시로 누덕누덕 기운 길이다. 절 입구에는 비봉碑峰까지 1km 남았음을 알리는 표지판이 서 있다.

석 달 전에 겨울 북한산 둘레길을 걸었다. 은평구 불광역 근처에서 출발하여 대남문 아래 문수사까지 코스로 4시간 정도 걸리는 강행군이었다. 그때도 사실상 주목표는 비봉이었다. 신라 진흥왕의 순수비巡狩碑(임금이 다녀간 것을 기념한 비석)가 자리한 까닭이다. 겨울 산행은 여러 이유로 무리라며 망설이는 이를 꼬드긴 당근은 진흥왕 순수비를 답사한다는 명분이었다. 그러나 추위에 3시간 이상 노출된 상태로 비봉 입구에 도착했을 때 이미 지친 상태였다. 게다가 비봉은 엄청난 경사를 자랑하는 육중한 규모의 바위덩어리다. 올라가는 길도 따로 없다. 국립공원 당국의 친절한 철제 사다리도, 인공 자일도 없는 원석 그 자체였다. 게다가 군데군데 눈까지 얼어붙은 상태다. 올라가는 것은 어찌어찌하면 가능할 것 같은데 내려올 때는 위험천만이라는 결론에 도달했다. 119 신세를 질 수는 없는 일이다. 그래서 입구에서 발길을 멈췄다. 눈 녹은 봄날을 기약하면서 아쉬움을 안고 물러섰던 기억까지 새록새록 났다.

출발하기 전날 봄비가 내렸다. 혹여 바위산이 미끄러울까 봐 내심 걱정된다. 다행히 오늘은 물기가 별로 비치지 않는다. 승가사 방향에서 올라왔기 때문에 아직도 기운이 팔팔하다. 조심조심 두 손과 두 발을 적극적으로 사용하며 올라갔다. 오래전부터 앞서 다녀간 수많은 사람이 발을 디딜 만한 자리는 겨우겨우 자국을 새겨놓았다. 두 바위가 만나는 크랙 지점에는 끼움 돌을 넣고서 사다리 기능을 대신토록 했다. 이마의 땀을 훔칠 무렵 눈앞이 환해지며 널따란 바위 마

明
해와 달, 산과 바람,
사람을 살게 하다

당이 나타난다. 네 발로 기다시피 하다가 비로소 허리를 펴고 직립동물의 본래 자세로 돌아왔다. 부드러운 곡선의 바위 꼭대기에 직사각형 비석이 하늘을 이고서 늠름하게 서 있다. 주변의 모든 것은 자연이 빚은 것인데 유일하게 인간이 만든 것이다. 입구에서 발길을 돌린 지 백 일 만에 만난 기쁨도 적지 않다.

비석은 한국 평균 남성의 키와 가슴둘레 크기였다. 천고 풍상에 가로로 길게 금이 갔고 일부는 파편으로 떨어져 나가긴 했지만 비석 자체가 주는 포스는 그런 흠결을 덮고도 남을 만큼 감동스럽다. 2006년에 만든 복제품이긴 하지만 오리지널에 버금가는 기술력으로 원본의 감동을 전달하기에 조금도 부족함이 없다. 이리저리 뜯어보고 또 사방팔방으로 조심스레 몸을 옮겨가며 살폈다. 국보인 비석은 1972년 국립박물관으로 옮겨갔지만 비석 자리는 사적지로 지정되어 보호를 받고 있다. 철제 사다리와 인공 자일이 없는 이유라고나 할까.

올림픽 높이뛰기 선수가 장대를 짚고 몸을 날린다면 떨어질 만한 위치에 승가사 기와지붕이 보인다. 추사 김정희 선생이 31세 때인 1816년에 친구 김경연과 이 절에 놀러 왔다가 우연히 깨진 채 내동댕이쳐진 비석 덮개 돌을 발견했다. 그는 전문가답게 그냥 지나치지 않았다. 그동안 무학대사비로 알려진 비석이 비봉에 있다는 사실을 전해 들었다. 올라가 이끼에 뒤덮인 비면을 손으로 만졌다. 많이 마멸되긴 했지만 아직도 적지 않은 글자가 남아 있었다. 이끼를 벗겨내고 글자를 판독했다. 이듬해 1817년 벗 조인영과 다시 찾았다. 탁본을 하고 글자를 추가 판독하여 신라의 진흥왕 순수비라는 사실을 밝혀냈다. 금석학의 대가로서의 면모를 유감없이 발휘했던 것이다. 옆면 빈자리에 이런 발견 과정을 추가로 새겼다. 실제로는 원본 훼손이지만 진흥왕 못지않은 명성이 오히려 비석의 가치를 높인 결과가 되었다. 올해(2017년)가 발견 200주년인 셈이다. 본의 아니게 200주년 기념답사라는 의미까지 부여된 셈이다.

준비해온 차를 함께 마시고 있는데 생활한복을 입은 50대 남성이 올라왔다. 서울에 생활 근거지를 둔 채 현재 울산에서 활동하고 있다고 자신을 소개했다. 등산화를 내던지고 양말

까지 벗고서 바위 위에 서 있다. 묻지도 않았는데 기氣를 많이
받기 위해서라고 자기의 특이한 행동을 미리 설명했다. 아마
이런 기행奇行을 의아하게 여긴 이들에게 더러더러 질문을 받
았던 경험의 소유자인 까닭이리라. 자기가 알기로는 북한산
의 많은 봉우리 가운데 비봉바위가 가장 땅속 깊숙이 박혀 있
다는 설명을 곁들였다. 그래서 이 봉우리의 기운이 제일이라
는 것이다.

하긴 북한산의 많은 봉우리 가운데 순수비 위치를 이곳으
로 정한 것만 봐도 전혀 근거 없는 이야기는 아니다. 신라는
한강 유역을 차지하면서 동쪽 구석에 자리한 변방 국가에서
한반도 주역으로 등장했다. 풍수지리학은 당시에도 제왕학
의 일부였다. 신라 왕실의 현재 기상이 더욱 뻗쳐 천하를 뒤
덮길 바라면서 이 비석을 세웠다. 비문의 기록에 의하면 수
행원 명단에 법장法藏 혜인慧忍도 보인다. 짐작건대 승려의 법
명이다. 왕에게 이런저런 조언을 아끼지 않고 순수비 위치
도 자문했을 것이다. 이후 봉우리 이름도 비석봉우리碑峰가
되었다.

비봉의 자연석 한 면을 이용하여 적당히 다듬은 후 글을 새겼다면 품도 적게 들고 보존도 좀 더 쉬웠을 것이다. 그런데도 굳이 얇은 직사각형 비신碑身에다가 상부의 불안정한 구조물인 비갓까지 덮고서 하부는 나름의 고정장치를 동원하여 힘들게 만들었다. 이것을 뒤집어 말하면 그만큼 비석 보존에 대한 강한 자신감을 반영한 것이리라. 더불어 한강 지역에 대한 신라 왕실의 강한 애착이 투영된 결과이기도 하리라.

왕릉을 지키는 사찰이 있는 것처럼 산꼭대기 외진 곳의 비석을 관리하는 부서도 두었을 것이다. 그렇다면 가장 가까운 승가사였을 가능성이 높다. 비석을 세운 시기(《삼국사기》 555년 북한산 순행 기록)와 승가사 창건연도(756년)가 일치하진 않지만 200년 동안 직접 관리하다가 뒷날 《사찰로 관리권을 이양할 수도 있었을 것이다. 조선조에 들어와 사세가 약화되고 스님들이 들쭉날쭉하면서 그 업무가 제대로 인수인계 되지 않은 까닭에 사람들의 기억 속에서 잊혔는지도 모른다. 그래서 추사 선생의 공덕이 진흥왕만큼 큰 것이다.

시간 나는 대로 등산과 더불어 비봉과 진흥 대왕과 추사 김정희 선생의 합해진 기氣를 받으러 와야겠다.

옛 것을 본받아 새롭게 창조하다

明
해와 달, 산과 바람,
사람을 살게 하다

경복궁 서쪽의 서촌 입구 통의동에 있는 '아름지기' 사무실까지 거리는 그야말로 지척이다. 새 사옥으로 이전한 지 이미 3년이 지났고, 필자가 종로에서 생활한 지도 벌써 많은 시간이 지났다. 인사를 차려야 할 곳에 아직도 가지 못했으니 부채 아닌 부채감이 남아 있다.

밀짚모자를 눌러쓰고 경복궁 안길을 가로질렀다. 담장을 사이에 두고 현대식 마천루와 중세식 궁궐이 대비감을 이루면서도 묘하게 조화를 이룬다. 한국 시대와 조선 시대를 아우르는 한복 입은 젊은이들이 셀카를 즐기며 까르르 내지르는 웃음소리가 더 큰 관광 자원이다. 정육면체로 다듬어 하나하나 한 켜 한 켜 잇고 쌓은 고궁의 하얀 화강암 돌담의 옆구리 문을 통과하니 다시 도로가 나온다. 목적지에 도착했다. 관계자의 안내에 따라 전시장과 건물을 둘러봤다. 철지난, 지나도 한참 지난 '집들이 인사'가 되었다. 방명록에는

'법고창신法古創新'을 남겼다.

아름다운 우리 것을 지키고 가꾸는 사람들의 모임인 '아름
지기' 인연은 벌써 15년을 훌쩍 넘겼다. 현재 해인사 박물관
자리에 '신 해인사'를 만들어 신행 공간과 수행 공간을 분리
하여 사찰을 운영하겠다는 계획 아래 이루어진 '해인사 신행
문화도량' 설계 공모전을 옆에서 거들었던 것이 시작이었다.
하지만 아쉽게도 그 프로젝트는 설계 도면만 남긴 채 도상 계
획으로 끝났다. 그래도 씨앗은 반드시 열매를 남기기 마련이
다. 그 일을 계기로 이 모임을 후원하는 회원이 된 까닭이다.

처음 이 단체를 방문했을 때 사무실은 안국동 윤보선길의
샛길에 있는 30여 평의 작은 한옥이었다. 그 무렵 북촌에는
경제 논리에 따라 한옥을 사정없이 헐고 주저 없이 4층 빌라
를 올리는 바람이 유행처럼 불었다. 이를 안타깝게 여긴 뜻
있는 이들의 우려가 문화 운동으로 이어지면서 맞바람을 일
으켜 한옥 보존 붐이 일기 시작했다. '아름지기'도 힘을 보탰
다. 한옥은 절대로 불편하지 않다는 '모델하우스' 역할을 자
청하며, 작지만 야무진 '리노베이션 한옥'을 개방했다. 한옥

에 살기를 꿈꾸는 많은 이의 발길이 이어졌다. 하지만 의도와는 달리 관광 인파로 사무실 기능을 제대로 유지할 수 없었다. 결국 그 재생 한옥에 전시 홍보 기능만 남기고 사무 기능은 인근 빌딩으로 옮겼다. 이내 직원들이 불편함을 호소했다. 10여 년 준비 끝에 드디어 통합 사옥으로 이전했다는 소식을 멀리서나마 듣게 되었다.

새 사옥의 저층부는 노출콘크리트, 중층부는 나무, 상층부는 불투명 유리박스를 기본 재료로 사용했다. 전시 공간과 사무 공간 그리고 연구 공간을 결합해 '최적화'한 상태에서 한 집안에 여러 쓸모가 모여 관계를 맺고 그 큰 틀 안에서 유기적으로 움직이는 것을 목표로 지은 집이라고 소개했다. 한옥과 양옥의 조화, 전통과 현대 문화유산의 조화, 현대건축과 고건축의 조화로운 아름다움이 돋보였다. 이층 마당에 독립된 한 동의 한옥 바닥재는 돌이었다. 전시 공간을 겸하기 위해 신발을 신고 출입하도록 배려한 까닭이다. 그러면서도 동쪽에 두 평짜리 온돌방을 넣어 한옥의 정체성을 유지했다. 창문은 삼베를 이용하여 방충과 통풍을 동시에 해결하는 옛날 방식을 사용했다. 여름 장마에 조금 쳐져 우는 것을 빼고는 그 기능성에 만족한다고 했다. 양옥과 한옥, 조경 설계는 '해인사 신행문화도량' 시절에 이름자를 익히 들었던 각 분야 여러 대가의 합작품이었다.

그 퓨전 사옥 근처의 60년대 시절을 그대로 간직한 허름한 식당에서 메밀콩국수와 메밀전으로 점심을 해결했다. 청와대 앞길에서 이런 구식 집을 그대로 지키고 있는 주인장의 고집이 또 다른 문화보존운동으로 이어진 셈이다. 가게 앞의 화분에 메밀을 심어 담장나무처럼 세웠다. 메밀꽃도 피웠다. 옆 가게를 인수하여 주방을 넓히면서도 옛날 집 간판을 그대로 두었다. 그것은 가게의 확장 역사이면서 동시에 우리 시대의 또 다른 문화사의 한 단면이기도 하다.

밀짚모자를 눌러쓰고
경복궁 안길을 가로질렀다.

담장을 사이에 두고
현대식 마천루와 중세식 궁궐이
대비감을 이루면서도
묘하게 조화를 이룬다.

덕의 향기로 가득하여라

明
해와 달, 산과 바람,
사람을 살게 하다

성 언저리 마을이다. 도성을 등 뒤에 바짝 붙여놓은 형국이다. 성안 마을과 성 밖 마을은 이미 높다란 공공·상업 건물과 고급 주택가로서 머무는 사람들이 필요만큼, 아니 과하다 싶을 만큼 변모 과정을 거쳤다. 그럼에도 두 마을 사이에 낀 언저리마을은 얼기설기 지은 모습으로 60~70년대 풍물을 그대로 지키고 있다. 성안과 성 밖 모두에게 소외된 마을이다. 하지만 그런 변함없는 모습이 잃어버린 것에 대한 향수를 자극하면서 또 다른 볼거리가 되어 사람들을 불러모은다. 서울 성북구 '북정 마을'은 성 밖이지만 접근성은 성안과 다름없는 성 안팎을 동시에 포함한 편안한 마을이기도 했다.

그 중심에 심우장尋牛莊이 자리한다. 1933년 주변인들의 도움을 받아 100여 평의 대지에 3칸짜리로 지은 소박한 기와집이다. 당시 지적도에 의하면 이 건물이 유일하게 등기된 집이라고 한다. 북정 마을의 효시인 셈이다. 산성을 집 뒤로

둘 수밖에 없는 위치다. 북쪽이 툭 터진 경사면인 까닭이다. 자연스레 북향집이 되었다.

집주인은 만해 스님이다. 이 집 때문에 '북향北向 선사'로 불렸다. 타협할 줄 모르는 꼬장꼬장한 지조를 그대로 담은 별호다. 시간이 흐르면서 북향 자체가 신화가 되었다. 산성 너머 조선총독부 건물이 보기 싫어 일부러 북향으로 지었다는 '썰'이 가미되었다. 설사 남향으로 짓는다 해도 산등성이에 가려 성안 마을은 볼 수 없는 자리임에도 이러한 신화가 만들어진 것은 주변인들이 스님에게 보낸 또 다른 찬사의 변형이다.

잡지 몇 권과 신문기사 그리고 친필 액자 몇 점이 당신을 대신하여 심우장 큰방을 지키고 있다. '磨杵絶韋마저절위' 글씨에 눈길이 꽂혔다. 마저磨杵는 '쇠로 만든 절구공이를 갈아서 바늘로 만든다'는 뜻이다. 밥을 고봉으로 담아 먹고 지게에 나락 한 섬은 거뜬히 지고 가는 남정네의 팔뚝만 한 쇳덩어리를 갈고 또 갈아서 아녀자들의 섬세하고 가녀린 손끝에서 놀아나는 바늘 크기로 만들려면 얼마나 각고의 수고로움이 더해져야 하겠는가? 열심히 정진하리라는 스스로에 대한 다짐이다.

　반대의 의미는 '벽돌을 갈아서 거울을 만든다'는 뜻으로, 磨塼成鏡마전성경', 즉 마조 선사와 회양 선사가 서로 티격태격한 일에서 생겼다. 그 시절의 거울은 구리를 갈아서 만들었다. 그래서 동경銅鏡이라고 불린다. 박물관에 가면 거울 역할을 의심받는 녹슨 구리거울을 쉬이 만날 수 있다. 어쨌거나 절구공이는 열심히 갈면 언젠가는 바늘이 되겠지만 벽돌은 천년을 갈아봐야 절대로 구리거울이 될 수 없다. 열심히 하는 것만이 능사가 아니다. 방향과 방법이 옳아야 한다. 그래서 지혜가 필요한 법이다. 머리가 나쁘면 손발이 고생한다.

　절위絶韋는 '대나무로 만든 죽간으로 된 책을 맨 가죽 끈이 세 번이나 끊어지도록 주역에 심취했다讀易韋編三絶'는 공자孔子의 일화에서 비롯되었다. 이후 위편삼절韋編三絶은 책 읽는 것을 게을리하지 않는다는 사자성어가 되었다. 스님께서는 이 글을 쓰면서 가죽 위韋 대신 갈대 위葦를 썼다. 붓끝을 다시 먹에 적시면서 잠시 달마 대사가 갈대 잎葦 타고 양자강을 건너는 생각을 했는지도, 아니면 마磨자의 발음 때문에 '벼처럼 대나무처럼 삼대처럼 갈대처럼 아주 많다'는 의미의 도마죽위稻麻竹葦가 겹쳐졌는지도 모르겠다. 암튼 위葦가 위杵로 바뀌었다. 어쨌거나 알아서 알아들으면 될 일이다. 결론은 '磨杵絶葦'는 시간 날 때마다 열심히 참선하고 경전을 읽으라는 후학들에 대한 경책이다.

　당신은 만년에 심우장에서 10여 년간 머무는 호사를 누렸다. 산이 높지 않아도 인물이 있으면 명산이다. 물이 깊지 않아도 용이 살면 명천이다. 누추한 공간이지만 덕의 향기가 가득하면 좋은 집이라고 했다. 심우장이 그랬다.

원철

1986년 해인사로 출가했다. 해인사, 은해사, 실상사, 법주사, 동국대 등에서 대승경전과 선어록을 연구하며 번역과 강의를 통해 한문 고전의 현대화에 일조해왔다. 〈월간 해인〉 편집장 소임을 맡은 이후부터 지금까지 일간지와 여러 종교매체에 전문성과 대중성을 갖춘 글을 쓰며 세상과 소통하는 일을 게을리하지 않았다. 주요 저서로는 《선림승보전》 등의 번역서와 《집으로 가는 길은 어디서라도 멀지 않다》 외에 몇 권의 산문집을 출간한 바 있다. 현재 조계종 포교연구실장으로 재직하고 있으며, 조계종 불학연구소 소장 및 해인사승가대학 학장을 역임했다.

원철 스님 산문집

스스로를 달빛 삼다 自月明

초판 1쇄 인쇄 2017년 6월 1일
초판 1쇄 발행 2017년 6월 5일

지은이 원철
펴낸이 이상훈
편집인 김수영
기획편집 오혜영 이미아
마케팅 조재성 정윤성 한성진 정영은 박신영
경영지원 김미란 장혜정

펴낸곳 한겨레출판(주) www.hanibook.co.kr
등록 2006년 1월 4일 제313-2006-00003호
주소 서울시 마포구 효창목길 6(공덕동) 한겨레신문사 4층
전화 02)6383-1602~3 **팩스** 02)6383-1610
대표메일 happylife@hanibook.co.kr

ISBN 979-11-6040-064-9 03810